小学館文庫

あの日に亡くなるあなたへ

藤ノ木 優

小学館

プロローグ

窓に打ちつける雨音が、心に波紋を広げる。

久しぶりに足を踏み入れたこの部屋には、二十年前の空気がそのまま残っているようで、どこか幻想的だ。

だからかもしれない。

あり得ないはずの出来事に、納得している自分がいる。

あれだけ辛い思いをしたのだから、少しばかりの奇跡くらいあってもいい。

電話口から、ゆったりとした、ふわりと柔らかい独特の声が響く。

『もしもし』

全てを包み込むような安心感は、草壁春翔がずいぶん昔に失ったものだった。

『聞いてる？　性別がわかったの！　赤ちゃん、女の子だって！』

……間違いない。

……間違えようもない。

今年サービスを停止したはずの古いPHSから聞こえてくる声は、二十年前、突然命を落とした、母、翔子（しょうこ）のものに間違いなかった。

五月七日

無機質な白い壁紙に囲われた、わずか三畳ばかりの部屋に備え付けられたパイプベッドに、春翔は身を投げ出した。

視線の先のデジタル式の時計は、午前五時を示している。少しでも仮眠を取りたい。そう思った瞬間、時計の隣に設置されたPC画面が、警告音を発した。子宮収縮に遅れて、胎児心拍が低下している。その異常を知らせるものだった。

次の瞬間、院内携帯電話が音を立てた。

残った気力を振り絞り、電話をとる。

「……もしもし」

『草壁先生！　お産です！』

結局、仮眠すら取れなそうだ。春翔はすぐに分娩室(ぶんべん)へと向かった。

分娩室では、助産師達が慌ただしく動いていた。その張り詰めた空気に、疲れ切っていた脳が、無理矢理覚醒した。

分娩台の上には、汗だくになった妊婦が足を広げた体勢で乗っていて、激しい陣痛に顔を歪めている。

助産師から経過報告を受ける。

「佐々木明子さん。一時間前に子宮口全開大。先ほどのコール直前に胎児徐脈が出現して、まだ戻りません」

つまり、胎児の脳に充分な酸素が行き渡っていない状態だ。この状態が長く続けば、出生後の新生児に障がいが残る可能性もある。すぐに分娩を終了させなければならない。

春翔は、痛みに悶える佐々木に話しかけた。

「内診しますね」

佐々木がなんとか頷いたのを見て、春翔は外陰部に指を差し入れると、わずか二センチの位置に児頭が触れた。

ここまで分娩が進行していれば、帝王切開をしなくても済みそうだ。

「吸引を用意してください」、そう指示をすると、即座に児頭に装着するシリコン製のソフトカップと、電動吸引機が準備された。

再び佐々木に話しかける。

「赤ちゃんの心拍が落ちてしまっていて、分娩を助けてあげなくてはなりません」

朦朧としていた佐々木の瞳に、不安が浮かんだ。

「吸引分娩といって、赤ちゃんの頭にカップをつけて、引っ張ります。でもお母さんがしっかりいきまなくては、赤ちゃんは産まれません。一緒に頑張りましょう」

佐々木の瞳に強い光が宿った。

大丈夫そうだ。そう思った春翔は、ソフトカップを腟内に挿入した。

「陣痛……きそうですっ」

佐々木の、悲鳴がかった声が響く。

「吸引開始してください」

自動吸引機のスイッチがつけられると、児頭に陰圧が掛かる。

「では、いきんでください！」

佐々木が、自身の腹に力を込める。指を添えていた児頭がずいっと降りてくるのを確認すると、春翔はカップの取手を牽引した。

産道の方向に合わせ、ゆっくりと牽引すると、腟壁から児頭が見えてくる。

「外します」

カップにかかった陰圧を解除すると、娩出の手を助産師へと引き継いだ。助産師が手慣れた様子で、外陰部を保護する。

「佐々木さん。赤ちゃん出ますから、もういきまなくていいですよ」

胎脂にまみれた児頭が、ぬるりと出てくる。頭部を回旋させ肩を娩出すると、胎児の脇の下を抱え、佐々木の腹部に向かってするりと引き抜いた。

「おめでとうございます」

祝福の声と同時に、赤子が元気に啼泣しはじめた。

自身の生を主張するような、大きな産声が分娩室に響き渡る。

難産を終えた直後の佐々木は疲労困憊の様子であったが、それでも尚、真っ赤な赤子を柔らかく抱きしめた。

その目には涙が浮かんでいる。

母子ともに助かった。そう思った瞬間、春翔の肩にどっと疲れがのしかかった。張り詰めていた緊張が、疲労へと変わったのだ。

分娩は、いつ、何がおこるかわからない。そして、その瞬間の判断を間違うと、最悪の事態を引き起こしかねないのだ。

創部の処置に取り掛かろうとしたとき、背後から声をかけられた。

「お疲れさん。大丈夫だったか？」

上級医の佐久間だ。春翔は産婦人科に入局して二年目になり、分娩も取れるようになったが、まだ新米だ。大学病院の当直では上級医が共に当直している。

「遷延一過性徐脈が出現し、吸引分娩になりましたが、母子ともに経過は良好です」

「それはよかった……。しかし、今日も寝れなかったんじゃないのか？」

その言葉に、春翔は弱々しい微笑みを返した。

産婦人科医、その中でも、とりわけ大学病院の勤務は激務だ。当直業務といえども、眠れない日のほうが多い。

「いくらなんでも、最近働き過ぎだぞ。書類関係は俺がやっておいてやるから、ちょっとは休んでおけよ。お前、今日から産成会だったろう」

産成会病院。その名を聞くと、心がざらりと波立った。

今日から勤務するその病院は、二十年前、母の翔子が命を落とした場所だった。


夜勤明けの足で、春翔は産成会病院へと向かった。

ここは地元に古くからある総合病院で、春翔が所属する医局の関連病院だ。

駅前の商店街を抜け、大通り沿いを歩くと、二十年前の記憶が蘇ってきた。

救急車の狭いベッドに横たわる翔子。当時七歳だった春翔は、不安に押しつぶされながら、揺れる車内で震えていた。

やけにうるさかったサイレンと雨音が、まるで昨日のことのように、脳裏に鳴り響いた。

やがて、大きな病院が見えてきた。二十年前と変わらない古びた外観。すっかり色の剝げた大きな看板には『産成会病院』と書かれている。

母が命を落とした病院だと思うと、足がすくむ。春翔は、心にへばりついた恐怖を振り払うように大きく首を振った。

——この病院で、妊婦を救い続けると決めたのは、俺自身じゃないか。

自身を奮い立たせるように息を吐くと、春翔は救急外来へと足を踏み入れた。

建物内は薄暗く、殺風景だ。モルタルが塗られた壁、床一面に薄緑の塩ビシートが張られ、そこかしこにストレッチャーのタイヤ跡がついている。まるで、過疎地の市役所だ。

外来棟から奥へと進むと、いよいよ産婦人科病棟が見えてくる。

出産を取り扱う病棟は独特だ。陣痛室に取り囲まれたナースステーションに、胎児心拍陣痛図のモニターがずらりと並び、電子音が鳴り響いている。

中央の壁に吊り下げられた大きなホワイトボードには、妊婦の名前や分娩経過が書き込まれている。罫線が引かれたボードには、本来五人分の記入欄しかないが、計八名の妊婦の情報がびっしりと書き込まれている。まさに今、八件の分娩が進行中だということだ。

あまりの数に圧倒されていると、背後に人の気配を感じた。

「まるで野戦病院だろう？」

低く、ドスのきいた声に、春翔は思わず振り返った。

「と……、東堂部長」

初老の男性がニヤリと笑う。

薄くなった頭髪をオールバックに仕立て上げ、覗く頭皮には脂がギラギラと光る。ヨレヨレの白衣のポケットに両手を突っ込み、色味のあるメガネの奥の鋭い眼光は、とても医者には見えない。まるで反社会的な人間が持つような、独特の威圧感だ。

男の名は、東堂平八郎。

野戦病院の異名で知られる産成会病院の副院長で、産婦人科の名物部長でもある。医局の集まりで顔は知っていたものの、実際に会話をするのは初めてだった。噂に違わぬ強面に圧倒される。

「くっ……、草壁春翔です。今日から産成会病院にお世話になることになりました！入局二年目の新米ですが、一生懸命勉強させて頂きますので、よろしくお願いします」

東堂が、ゆっくりと口角を上げた。ただそれだけのことなのに、殺気すら漂っている。

「まあそんなに肩肘はるんじゃねえよ」

「はっ……はい」

「お前さん、大学の当直明けで、寝られてねえんだろう。佐久間から連絡があったぞ。初日からあんまりこき使わないでくれってな」

春翔は、さらに背筋を伸ばした。

「いえ、まだ若いので、体力には自信があります」

東堂が、舐(な)めるように春翔を見上げる。

「産婦人科なんてのはな、ほうっておいても勝手に忙しくなるもんだ」

「でっ、でも……。自分はまだまだ未熟なので、もっと沢山経験しないと……」

訴えかける春翔を、東堂が諭した。

「休めるときに休んでおくのも大事な能力だ。スタッフたちに挨拶を済ませたら、医局のベッドで寝てこい」

東堂は、その強面からは想像できないほど男気があって部下想(おも)いだ。そんな佐久間の話を思い出した。

東堂がホワイトボードをチラリと見て、ニンマリと笑う。

「まあ、休めれば、だけどな」

その言葉に、春翔は唾を飲み込んだ。

「時間があるうちに、病院を案内してやる。……ついてこい、草壁」

東堂はそう言うと、そそくさとガニ股で歩き出した。

春翔は、慌ててその背中についていった。

医局、外来棟、手術室に当直室。東堂に院内を案内される。せっかちな性格なのか足早で、ついていくので精一杯だ。

産成会病院はこの地域の周産期医療を支えていて、周辺産院で対応できないような早産症例も連日運び込まれてくる。

新生児集中治療室も産科病床も、連日ほぼ満床だ。

やがて、二人は産婦人科病棟に戻った。

　東堂が、木製の格子で囲われた大きな入り口に立ち、ずんぐりした背中を反転させた。

「最後は、この部屋だ」

　入り口の上には、『分娩室』と、黄ばんだプレートが掲げられている。

　横開きの戸は開きっぱなしになっているが、年季が入ったベージュ色の医療用カーテンが胸の位置まで吊り下がっていて、中は見えないようになっている。

　記憶が蘇る。

　ストレッチャーに寝かされた翔子は、この部屋へと運ばれていった。

　母親が地獄の入り口に吸い込まれてしまうような気がして、必死に追いかけたが、看護師に抱きかかえられ、中へ入ることは叶わなかった。

『大丈夫よ、坊や。……あっちでお姉さんと一緒に待っていようか』

　耳元で囁かれたその言葉が、なぜだかやたらと不安を駆り立てた。それを思い出すと、心臓がドクドクと脈打ちはじめた。

「おい草壁っ！」

　東堂の声に、意識が戻る。

「すっ……、すみません」

慌てて分娩室に足を踏み入れたが、鼓動が暴走するのを止められない。

大きな部屋は、入り口と同じ医療用カーテンにより、四つのブースに分けられている。

「メインで使う分娩台は、こっちの二つ」

東堂の視線の先には、ピンク色の人工革が張られた分娩台が並んでいる。

最新型の分娩台は、妊婦を包み込むような大きな作りが特徴的だ。年季が入ってくすんだ壁紙に囲われた分娩室において、逆に異質とも思えるような最新機器だった。

東堂が、一つ奥のブースへと進んだ。

「こっちはサブの分娩台。分娩体位にも手動で変えなきゃならんから面倒臭えんだ。分娩が三件被（かぶ）ったとき以外は使わねえが、セッティング方法は頭に入れておけよ」

明らかに型落ちの分娩台は、春翔の記憶にも残っている。

「奥に行くぞ」

「……はい」

爆発しそうに拍動する心臓が、口から飛び出るかと思った。

一番奥は、かつて、幼い頃に訪れた場所だった。

他の分娩ブースよりもいくらか広い空間の中央には、硬質の台が配置されている。

長さ二メートルほどの台の下からは、太い鋼鉄の脚が覗く。大柄な人間がぎりぎり寝ることができる程度の台の上には薄いクッションが敷かれているものの、とても寝心地がよいとは思えない。

「超緊急帝王切開用の手術台だ。手術室に空きがないときは、ここで麻酔して腹を切る」

その言葉が、春翔の胸に刺さった。

手術台。

医者の手術のしやすさを突き詰め、無駄なものを削ぎ落としたその台は、冷たい光を放っていて、あまりに無機質で硬い。

――母さんは、この上で死んだ。

抑えこんでいた記憶が、鮮やかに蘇った。

翔子が運び込まれた部屋には、三時間ほど経ってから案内された。

モップで拭かれた塩ビシートの床はまだ湿っていて、見た目は清潔であったが、むせ返るような血の匂いが部屋中に充満していて、気持ち悪さを感じた。

手術台の周囲には、数人の大人達が沈黙したまま俯いていた。

大人達が作り出す空気は、少し前に亡くなった祖父の葬式で、幼いながらに感じた畏(おそ)れに似ていた。息ができるのに、どうにも息苦しい。そんな空間だった。

大人達の視線は、一様に手術台の上に注がれていた。翔子だった。

不自然なほどに美しかったのが、かえって強烈な記憶として残っている。いかにも硬そうな台の上に寝かされた翔子の目は閉じていて、胸の上で組まれた両の手は、まるでフランス人形のように真っ白だった。

「ママッ！」

駆け寄って擦りつけた頬からは、温(ぬく)もりなど伝わってこず、ただただ冷たかった。いつもより赤みを帯びた翔子の頬には、丁寧な化粧が施されていた。綺麗(きれい)な朱の頬は一切の動きを見せず、絵本の中のお姫様みたいだと思った。

なにが起こったのか、理解できなかった。

たった数時間前には、翔子と会話をしていたのだ。そもそも、幼い春翔にとって、『死』という概念すら、理解のできないものだった。祖父の葬式のときだって、『おじいちゃんは、お空に行っちゃったからお別れなの』と、翔子から説明された記憶しかない。

立ち尽くしていると、白衣を着た女性が、目の前で頭を下げた。

彼女からも、血の匂いがした。

「すまない……。助けられなかった。お母さんも、妹さんも」

彼女の視線の先を追うと、小さな木箱が目に入った。

白く塗られた木箱の中には、いつか動物園で目にした猿のような、赤子がおさめられていた。精巧な人形のような赤子の上には、暖かそうな布団が掛けられている。

「あきほ？」

秋に産まれる女の子だから秋穂。大きくなったお腹をさすりながら、翔子が名を呼びかけていた赤子は、真夏の七月九日に産まれた。

そして、翔子と一緒にお空に行ってしまった。

動かない秋穂と翔子を交互に見て、春翔はようやく状況を呑み込んだ。しかし、受け入れられようもない現実に、涙すら流れなかった。


「おいっ、草壁！」

東堂の声に、再び意識が引き戻された。

「大丈夫か？　やっぱり、疲れが溜まってんじゃねえのか？」

気づけば、びっしょりと汗をかいていた。よほど苦しかったのか、心臓を鷲摑みにせんばかりに、左胸に当てた手に力がこめられていた。

東堂が、ため息をついた。

「しばらく休んどけ。お産があったら、お前にコールするように言っておくから」

「だっ……大丈夫です」

「さっきも言っただろう。産婦人科医は、休めるときに休むのも立派な仕事だ」

東堂の圧は凄まじく、「休みます」と言わざるを得ないような雰囲気を醸し出している。

そんな中、一人の助産師が駆け込んできた。

「東堂部長！」

急いで来たのだろう、助産師の息は切れている。

「来週カイザー予定の川上さんが、前期破水で搬送されてきます！」

東堂がゆっくりと口角を上げた。

「悪いな草壁、やっぱ休みはなしだ。これから俺と一緒にカイザーに入れ。この病院のやり方を教えてやる」

ポンと肩を叩かれ、春翔は息を呑んだ。

手術室に、心拍モニター音が響き渡る。これから産まれる胎児のため、部屋の温度は高く保たれていて、術衣の下の肌が汗ばんだ。

妊婦の川上はすでに硬膜外麻酔がかかり、手術台の上に寝かされている。四方に緑色の滅菌ドレープが掛けられた大きな腹が視界に広がっていて、その先に見えるはずの川上の顔は、垂れ下がったドレープによって遮られている。

これから帝王切開が始まる。それを思うと、背中を伝う汗が一層激しくなった。

翔子が命を落とした手術だ。手術台に乗せられた妊婦の腹を見ると、それが頭によぎる。

「おいっ、草壁！」

ドスのきいた声に、ハッとした。

正面に立った東堂が、春翔を見据えていた。マスクに手術用のキャップを被っている。必要以上に目深に被ったキャップから覗く眼光は、鋭い。

「手術始めるって言っただろう。ボヤッとしてねえで、集中しろよ」

「はっ、はいっ……。すみません」

「川上未来（みく）さん。三十七週、骨盤位の前期破水、カイザーを始めるぞ」

東堂の右手にメスが手渡された。

「しっかり見ておけよ」

ギラリと瞳が光ると、メスが一閃した。

恥骨の上二横指に水平にメスが走ると、一瞬遅れて血液が滲み出る。

「クーパー」

刃先が曲がった医療用ハサミに持ち替え、皮下脂肪を剝離していく。春翔は、その動きに必死についていった。

とにかく速い。大学病院で学んだような、教科書通りの行儀のよいオペではない。電気メスなぞ使わず、結合組織をクーパーと自らの指だけで、あっという間に剝離していく。皮膚、脂肪、筋膜を分け入り、二分もかからずに腹腔内まで達した。

そこで、東堂の手が止まった。

その視線の先には、大きな子宮が顔を見せている。両側に隆々と怒張した太い血管が螺旋状に張り巡らされ、真っ赤に色づいた子宮は、常に大量の血液が注がれていることを主張しているようでもあった。

「おい草壁」

低い声が響く。顔を上げると、東堂の真っ直ぐな視線と目があった。あまりに真剣な眼差(まなざ)しに、体が硬直する。

東堂の指が、子宮壁を水平になぞった。緊張感を伴ったその動きは、まるで実際にメスを入れているかのようだ。

「ここを切ったら、もう後戻りできねえ。なにが起こるのかわからねえのが、産科の世界だ。……だから、どんな状況をも想定し、瞬時に動けるようにしろ。いいな」

東堂が、小さく息を吐いた。

「いくぞ」

子宮壁にメスが充てがわれた。胎児と羊水でパンパンに張っていた子宮表面は、切り込みによって、容易に上下に開いてゆく。さらに、一層深い筋層にメスを入れる。新たな筋層が上下に分かれる。その操作を何度か繰り返すと、胎児を守る羊膜が、水風船のように切開創から張り出した。薄い膜の先には、動く胎児の臀部(でんぶ)が透けて見える。

鉗子(かんし)に持ち替え、膜に穴を開けると、残っていた羊水が漏れ出てきた。東堂はその中に手を差し入れ、胎児の腰を両手で優しく摑んで、回旋させながら引き抜きにかかる。

臀部、腰、肩、最後に頭が子宮から引っ張り出される。

暗い子宮から突然明るい光の下に晒された赤子は、少しの間を置いて力強く泣き始めた。

東堂は赤子を抱えて、目隠し布の上からひょっこりと覗かせて見せた。

「おめでとうございます。元気な男の子ですよ」

東堂の声は慈悲深い。ドレープの先からは、川上の啜り泣く声が聞こえてきた。

新しい命との対面。しかし、翔子が見ることが叶わなかった光景でもある。

「おい草壁、まだ終わってねえぞ。胎盤を娩出させろ」

「はっ……、はい」

東堂に指示され、春翔は慌てて子宮に手を添えた。つい先程まで限界まで伸び切っていた子宮は、まるで岩のように硬く収縮している。胎児から切り離された臍帯を牽引し、胎盤を娩出させる。

ぬるりという生々しい感触が、手を通して伝わってきた。

「胎盤娩出しました」

ほっと息を吐くと、子宮が急激に緩んだ。なんだと思う間もなく、切開創に血液が溢れてくる。

弛緩出血だ。筋肉の塊である子宮が緩み、そこかしこの血管が開いて出血する。まるで蛇口を捻ったかのように溢れ出る血液に、春翔は呆然とした。翔子の真っ白な手が脳裏に浮かぶ。このまま出血が止まらなければと想像が巡り、顔から血の気が引き、気を失いそうになった。

「おい草壁っ！　ボサッとすんな。子宮を圧迫しろ」

東堂の喝が響く。そのまま、ゴツゴツとした太い指で子宮を鷲摑みにする。春翔も慌ててそれに倣い、子宮を力一杯揉み込んだ。

子宮が、再び力強く収縮する。だらんとしていた子宮が、途端に半分くらいの大きさまで縮むと、あれよあれよという間に出血が落ち着いた。

大丈夫だと判断したのか、東堂が摑んだ手を離し、春翔を見据えた。

――これしきの出血で、テンパってんじゃねえよ。

そうたしなめるかのような、鋭い視線だった。

「……すみません」

「さっさと縫ってくぞ。ゼロの連続縫合糸をくれ」

東堂が、子宮を縫い上げにかかる。春翔は再び、介助にまわった。

東堂が縫った糸を絞り上げながら、憂鬱な気分に浸る。

帝王切開には、未だ慣れない。それが、春翔の悩みだった。

亡くなった翔子のことが、どうしても頭をよぎる。大したことのない出血でも、頻繁に手が止まる。これではいつまでたっても一人前にはなれない。

余計な思考が、次々と頭に浮かんでくるのだ。

果たして、翔子の手術ではどれだけ出血したのだろうか。子宮を圧迫しても、とめどなく出血し続けた情景は、どれほどの絶望だったのだろうか。救命を諦めたのは、一体どんなタイミングだったのか。そのとき、心臓は動いていたのだろうか。翔子には、いつまで意識があったのだろうか……。

やがて、目の前で縫い合わされる子宮が、翔子のそれに重なった。吐き気を覚え、視界がぼやける。

朦朧としていると、東堂の声が手術室に響き渡った。

「ありがとうございました。手術終了だ」

ようやく、正気を取り戻す。しかし同時に、不甲斐(ふがい)なさが心に湧き起こった。手術に集中できずに手が止まっていた。結局東堂は、ほぼ一人で閉腹を完了させていた。

――やってしまった。

東堂の視線から逃げたくなる。

「おい草壁」

東堂の声が、ズシリと腹に響いた。

「はっ……、はい」

「お前はなんで、産婦人科医になろうと思ったんだ？」

東堂の太い声は、手術に集中できなかった春翔を、責めているようにも思えた。

「答えろ、草壁」

東堂に詰め寄られ、春翔は小さく答えた。

「一人でも多くの妊婦を救わなくてはならないからです」

それだけを思って、一心不乱に勉強し、奨学金まで借り、医者になった。

東堂のメガネが、ギラリと光った。

「それなら、もうちょいビシッとしてもらわねえとな」

「すっ、すみません」

「んじゃ、あとはよろしく頼むわ」

そう言って、東堂が颯爽（さっそう）と手術室を後にした。ずんぐりと大きな背中を見て、春翔は両拳を握り締めた。

悔しさだけが残る手術だった。

結局、病院を出る頃には午後九時を回っていた。

年代物の自転車を漕いで、十分ほどかかる自宅へと向かう。

ペダルを漕ぐ足が鉛のように重い。自身の不甲斐なさを思い知らされただけでなく、翔子の死の記憶に触れたストレスが、尋常ではないほど心にのしかかっている。

今走っている幹線道路は、あの日、救急車で走った道だと思い出す。不安な車内には、恐ろしいほどに雨音が反響していた。

そんなことを思った瞬間、頬にポツリと冷たい感触が伝った。

降り出した雨粒は、あっという間に激しくなり、視界を遮った。顔を上げると、厚い雲が月を覆い隠し、ゴロゴロと不気味な雷鳴が聞こえてくる。

「くそっ！」

春翔は、自転車を漕ぐ足を速めた。

首都圏郊外に位置する築二十五年のマンションが、春翔の自宅だ。

濡れた足を引きずりながら玄関を開くと、静寂と暗闇が春翔を迎え入れた。

リビングの明かりをつけると、キッチンシンクにカップラーメンとコンビニ弁当の空き容器が積み上げられているのが目に入った。忙しい日常の合間に睡眠をとりに帰るだけの部屋は荒れ放題で、当直で捨てられなかったゴミ袋が無造作に転がっている。

我ながら、酷い有様だ。

この部屋は、父の博史が若いときにローンを組んで購入したマンションだ。

翔子と過ごした家。ここでは、確かに家族の生活が営まれていた。

さらに家族が増える。まるでクリスマスを心待ちにしているときのような期待も相まって、体が浮き上がりそうなほど幸福な空気に満ち溢れていた。

しかし、増えるはずだった家族は突如二人になり、状況が一変した。草壁家の幸せな時間は、最も重要な歯車が抜け落ちてしまってから、ピタリと止まったままだ。

翔子の死後、博史は取り憑かれたように仕事に打ち込み、春翔が大学に上がる頃、とうとう家を出た。シンガポール支社への転勤が決まったのだ。

『この家を売って、二人で移住しないか？』そんな提案をされた。

父は、この家から逃げたかったのだろう。そう理解した。

しかし春翔は、この家に残ることを選んだ。正確にいうと、選ばざるを得なかった。

二十年前の後悔が、春翔を放さないのだ。

キッチンに立つと、あの日の惨劇を思い出す。

夕食の準備をしていた翔子が、突然ばたりと倒れた。何事かと思って駆け寄ると、翔子が腹を抱えて苦悶の表情を浮かべていた。

脂汗でべっとりと張り付いた前髪の間から覗く、助けを求めるような視線。それが、春翔を突き刺した。

『春翔、……救急車を呼んで』

必死の願いを口にする翔子を前に、微動だにできなかった。今まで、見たこともない母の姿に恐怖を覚え、足がすくんでしまった。

しばらく悶絶していた翔子は、自ら電話まで這いずり、救急要請をした。

常位胎盤早期剥離。突然、胎盤が剥がれてしまう病気だった。

前兆を察知することは極めて難しく、発症後、可能な限り早く病院にかかるしかない。

——俺がすぐに動けていれば、母さんは助かったかもしれない。

そんな想いが、ずっと心にへばりついている。

母さんは、今でも俺を責めているんじゃないか？

いつしかそんなことを思うようになった。罪の意識からか、倒れてからの翔子の表情が思い出せない。怒っていたのか、悲しんでいたのか、それとも恨んでいたのか。

ただ一つ言えるのは、自身が少しでも動けていれば、結果は違っていたはずだということ。

——あの日、すぐに救急要請できていれば。

——あの日、励ます言葉が一つでも口から出ていれば。

——あの日、あのとき、あの瞬間、俺が、母さんのために何か一つでも……。

罪の意識が爆発しそうに膨らみ、とうとう堪え切れなくなった。

「うわああああああああああ」

一人きりのキッチンで声を上げる。

逃げたい。かつて翔子が倒れた場所を直視できず、春翔はたまらず駆け出した。

呼吸が荒ぶる。どんなに息を吸っても、なお苦しい。

二酸化炭素が、あっという間に血液から飛んでいく。視界がぼやけていく中、気付いたら扉の前に立っていた。

春翔の自室の隣、翔子が趣味の裁縫を行っていた部屋だ。しかし二十年間、この扉は開かれていない。

いつか翔子がひょっこり帰ってくると信じていた。けれども、どんなに待ってもその日はやってこず、いつしか期待は絶望に変わった。それ以来、この部屋に入ることはなかった。

　ぼやけた視界に、扉が映り込む。

『開けなさい』と、誘われているような気がした。

開けてどうなる？　一瞬躊躇したが、深い水の中で溺れているかのように息苦しい。扉の先に酸素がある。そんな気がして、春翔は引き寄せられるように取手に手をかけた。


　勢いよく開けた扉の先に対流が生まれ、古い空気が頬を触った。たった壁一枚隔てただけの空間はどこか異質で、自宅ではないように思えた。

　暗闇に目が慣れてくると、部屋の光景が浮かび上がってきた。

　六畳ほどの部屋に、翔子が編み物をしているときに座っていた座椅子が置いてある。床にはピンク色が差し込まれたボタニカル柄のラグカーペットが敷かれている。壁には、ブックエンドに挟まれた古い本たちが並ぶ。幼かった春翔が読んでいた車の本だ。

　二十年前と変わらない光景に、時を遡ったかのような錯覚を覚えた。

「……母さん」

　独りごちるが、返ってくるのは雨音ばかりだ。

足を踏み入れる。

体にまとわりつく古い空気が、幼い頃の記憶を蘇らせた。

鼻歌が聞こえる。

腹が大きくなり始めた翔子は、これから産まれる秋穂の服を、この部屋で何着も編んでいた。鼻歌混じりに動かす翔子の棒針は、まるで意思を持っているかのように楽しく踊っていた。そんな翔子の横に寝転びながら大好きだった車の本を読むのが、幼い春翔の至福の時間だった。

春翔は、一番のお気に入りだったF1レースの本を取り出して、胸に抱えた。

座椅子の前に、腰を落とす。

ようやく呼吸が落ち着いてきた。しかし同時に、叶いようもない願いが湧き起こった。

――あの日に戻りたい。

大きな虚しさを感じ、春翔は首を振った。

戻れるはずなどないのだ。どんなに後悔しても戻れない。前を向くしかない。

――だから産婦人科の道を選んだんじゃないか。

あの日助けることができなかった翔子の代わりに、一人でも多くの妊婦を救う。それが、亡き翔子に対する弔いなのだ。

だから、翔子が亡くなった産成会病院で働くことを自らに課した。この病院で妊婦を救い続ければ、いずれ記憶の奥底に沈んだ翔子の最期の表情を、思い出せると信じてきた。

しかし、純然たる欲求が、頭蓋を破壊しそうなほどに膨らむ。

帰りたい。全て捨て去ってでも、あの日に戻りたい。

春翔は、本を抱える腕に一層力を込めた。本が胸にめり込みそうになったとき、懺悔の声が絞り出された。

「……母さん、ごめんなさい」

消え入りそうな声は、あっという間に雨音にかき消される。

これは、神が課した試練なのだろう。しかし、あまりの過酷さに、嘆きたくもなる。

たった七歳の幼い子供が、なぜこんな咎を背負わなければならなかったのか。

周りを見れば、なんてことない家族の暮らしを営んでいる人たちばかりだ。泣いて、笑って、旅行をして、喧嘩して、毎日食卓を囲んで……。

そんなささやかな幸せすら享受できない人生。それを思うと、春翔の目に熱いものが込み上げた。

涙が頬を伝う。

あまりに不平等だ。神様がいるならば、聞いてほしい。救ってほしい。

顔を上げると、雨が叩きつける窓に、雷光が映し出された。弱音を吐く自分を見て、神が怒り狂っているようだ。

しかし、どんな罰を受けようとも構わない。その代わり、一つだけ願いを叶えてほしい。春翔は、窓にすがりつき、祈った。


直接会えなくてもいい。

触れることができなくてもいい。

声だけでもいい。

だから……。


「母さんに逢わせてください」

嗚咽まじりに嘆願した瞬間、視界を真っ白に染めるような強烈な閃光が走った。一瞬遅れて、耳をつんざくような雷鳴が轟き、春翔はたまらずラグカーペットに倒れ込んだ。

神が激怒したかのような激しい雷鳴に、自らの命が絶たれたのかとすら思った。

真っ白な視界に暗闇が戻り、徐々に耳鳴りもおさまってくる。

どうやら、命は奪われていないようだ。ほっとしたのも束の間、春翔は違和感を覚えた。

雨音に、微かな音が混じっているのだ。

はじめは空耳かと思ったが、雨音が弱まると奇妙な電子音が耳に届く。単調で機械的なその音に、どうにも覚えがあった。

音の出どころを探る。座椅子の後ろ、クローゼットの中から聞こえてくるようだ。

近づいてみると、単調に思えた電子音は、短いメロディーを繰り返し奏でていることが知れた。聞いたことがある旋律なのだが、曲名を思い出せない。

記憶を探る。

ほどなく、その音の正体が見つかった。

ついさっきまで思い出していた、幸せだった生活を象徴するような音楽。編み物をしているときの、翔子の鼻歌だった。

それを理解した瞬間、心臓が大きく跳ねあがった。

震える手で、クローゼットを開く。

目の前に現れたのは、古びた段ボール箱だった。

なんだと思った瞬間、雷光が表面を照らした。

『翔子、遺品』

恐ろしく端的に書かれた文字を見て、心臓を鷲摑みにされたような感覚を覚えた。

電子音は、明らかに段ボールの中から鳴り響いている。

いくばくかの恐怖は感じたが、早く中を見ろと本能が訴えかけてきて、春翔は箱に手をかけた。箱を開くと、さらに音が大きくなった。

電子音に連動して、チカチカと光を発する物体が目に入り込む。手のひらに丁度収まるほどの、長方形の機械。自身の存在を訴えかけるかのように、けたたましく電子音を響かせるその機械の正体は、電話だった。

所々剝げているラメが入ったピンクの塗装。液晶画面は、スマホに比べて遥かに小さく、プッシュボタンは、折り畳み式のカバーで隠れている。

スマホではない。携帯電話ですらない。

ちょうど数ヶ月前に目にした、ネットニュースが頭をよぎった。

『PHS、二〇二一年一月サービス終了。二十五年の歴史に幕』

翔子が使っていたPHSだと理解する。しかし、すでにサービスを終了したはずのそれが、煌々と輝き、音色を奏でている。長年充電すらしていなかったはずなのに、だ。

明らかに常軌を逸している。

しかし、頭のどこかで、『早く電話をとれ』、と訴えかける声がする。

狐につままれたような気持ちで、春翔は電話を摑んだ。

液晶画面に相手の名は表示されていない。通話ボタンを押して耳に添える。

ザザッと、電波が交雑するような音が響いた。

鼓動が速まる。「もしもし」と、口に出した声は緊張で掠れ、音として成立しなかった。

一瞬遅れて、電話口から声が響いた。

『もしもし、博史さん？』

少し鼻にかかったような、ふわりとした柔らかい声。ゆったりとした独特のリズムは、蝶が優雅に舞うような印象を与えた。

戦慄する。

たった一言でわかった……。翔子の声だ。

電話を持つ手が震える。口が渇いて声帯がカラカラに乾燥し、まるで機能しない。

再び、柔らかい声が響く。

『もしもし、聞いてる？』

ずっと求めていた懐かしい声に触れ、目頭が熱くなる。

電話口の声は、一層明るさを増して語りかけてきた。

『性別がわかったの！　赤ちゃん、女の子だって！　ねえ、私の言っていた通りでしょ？　次は絶対女の子だよって言ったでしょ』

テンポ、抑揚、ふわりとした声色……。間違いなく、愛(いと)しい母のものだった。

妊娠の話をしている。赤ちゃんは女の子。おそらく、秋穂のことだろう。

録音されていた声だろうか？

それがたまたま再生されたのかもしれない。しかし、理由などどうでもよかった。

声を聞けただけでも、今日の憂鬱が全て救われた気すらした。

嗚咽を必死に堪える。

泣くのは後でいい。この瞬間しか、録音が再生されないかもしれない。

今はただ、この温かい声に埋もれていたい。

「……母さん」

湿度を取り戻した声帯から、ようやく声が出た。

奇跡だろうか。しかし、これだけ辛い経験をしたのだから、少しばかりの奇跡があってもいいと、変に納得する。

けれども次の瞬間、予想もしないことが起こった。

『……えっ？』

驚いたような声が返ってきた。

「えっ？」

思わず言葉を返して、春翔はさらに困惑した。

――言葉をやりとりした？

たった一言だが、間違いなく会話が成立した。現象はわかるが、理解できるはずもない。

翔子は二十年前に命を落としたのだ。春翔のすぐそばで。

しかし、耳元から得られる情報の全てが、それを否定する。

電話口からは、翔子の息遣いが聞こえてくる。それだけではない。明らかに戸惑った様子すら伝わってくる。狼狽（ろうばい）したまま、あたふたと手を振る翔子の姿が容易に想像できるほど、それらの感覚は現実的だった。

否定できようもない。翔子と電話が繋（つな）がっているのだ。

『や、やだっ！　間違い電話だったかしら……。私ったらドジだから。ごめんなさいっ』

声が硬直した。切られるっ！

「まって……」

暗闇に向かって手を伸ばす。しかしその手は虚しく空を切った。

一瞬遅れて、電話がプツリと音を立てた。

煌々と光っていた液晶画面は、あっという間に光を落としてしまった。

——電話を……。もう一度、母さんと会話をしたい。

電源ボタンを押したが、ＰＨＳは沈黙を保っている。どんなにボタンを連打してもなんの反応もなかった。

「充電器！」

段ボール箱の中身を弄る。

早く！　早く見つけないと！　何かに追われるかのように、次々と遺品を放り出す。

服、裁縫道具、装飾品に化粧品……。

しかし、充電器と思しきものは、出てこなかった。

がっくりと項垂れると、暗闇の部屋を沈黙が覆った。気づけば、あれほどまで激しかった雨音もまた、すっかり鳴りを潜めていた。

たった数秒のやりとりを思い出す。夢だったのだろうか？

違う……。

それにしては、やけに現実的な感覚だった。夢と間違えようもない。自分は確かに、翔子と二十年ぶりに会話をしたのだ。そう確信を抱いた。

段ボールを見ると、底に小さな冊子が置かれていた。

母子手帳だ。手に取って、パラパラと捲る。

妊婦健診の最後の欄には、『帝王切開　母体死亡』と、はっきり表記されている。

やはりあの日に対面した人形のような翔子もまた、現実だったのだと思い知らされる。

春翔は、冷たいＰＨＳを胸に抱き締めた。

――もう一度、母さんと話をしたい。嘘でもいい。化かされているのでもいい。もう一度……、声を聞かせてください。

目を閉じて、祈りを捧げる。

しかし結局、ＰＨＳが反応することはなかった。

五月八日

一晩過ぎても夢心地だった。

翔子の声が、まだ耳に残っている。それだけではない。鮮明な声に引っ張り出されるように、心の奥に押し込めていた翔子の記憶が溢れかえっていた。

いつも浮かべていた満面の笑み。繋いでくれた手の温もり。本を読み聞かせてくれるときの、ふわりとした声色。どんな悪役が出てきても、あの柔らかい声にかかれば、怖さなど微塵もなくなってしまう。しかしそれがまた可笑しくて、全てが幸せな時間だった。

溢れ出てきた楽しい記憶は、やがて渇望に変わった。

もう一度、翔子と話したい。

PHSは肌身離さず持っている。しかし、一向に鳴る気配はなかった。

「おいっ、草壁！」

ドスのきいた声に、ハッとした。

正面に立った東堂が、春翔を見据えていた。その表情には、呆れが浮かんでいる。

「まったく、大丈夫かよ？　お前さん、ずっとボーッとしてんぞ」

「すっ、すみません」

東堂が大きくため息をつく。

「ちょっと話したいことがある。今日の仕事が終わったら、部長室へ来い」

硬い声色からは、よい話でないことは明白だった。おそらく、昨日の帝王切開について、直々に苦言を呈されるのだろう。それどころか、使えない新人の烙印を押され、たった二日で大学病院に戻されるかもしれない。

「草壁、返事は？」

「……わかりました」

鋭い声が飛ぶ。

春翔は陰鬱な気持ちで、返事をした。

夕暮れ時、春翔は部長室の前に立っていた。

正直、気が重い。ため息をついて、春翔は部長室の扉をノックした。

「草壁です」

「入れ」

間髪を容れず、低い声が返ってきた。

扉を開くと、来賓用の古革のソファーの先に大きな机が見える。年季の入った重厚な木目の上に組んだ腕を載せている東堂からは、相当の威圧を感じる。その凄みはとても医者が纏うものではなく、まるでマフィアのボスだ。

さっさと謝ってしまったほうが、傷は浅い。東堂の前に立った春翔は勢いよく頭を下げた。

「昨日の手術のこと、申し訳ありませんでした。今後は集中力を欠くことがないよう精進致します！」

東堂は、沈黙を保っている。ジリジリと精神を削られているかのようで、辛い。

しばらくしてから、ダミ声が響いた。

「まあ、顔を上げろ」

許すとも許さないとも言われないのが、また辛い。

顔を上げると、東堂は寸分違わず腕を組んだままだった。心の隅まで見透かされているような気分になり、早々に逃げ出したい気持ちに駆られた。

限界だと思ったとき、東堂の腕組みがようやく解かれた。

「お前さんが産科医療に対して、やる気があるってのはわかってんだよ」

「えっ、……どういうことですか？」

「お前さんは真面目な男で、どんな出産にも全力で取り組む。それこそ、見てるほうが心配になるくらい、何かに取り憑かれたみてえにお産を取りにいくって話を聞いたぞ」

一体誰からと思い、知った顔が思い浮かんだ。上級医の佐久間だ。

東堂がゆっくりと口角を上げた。

「よかったなあ。お前は先輩から好かれているみたいだぞ。お互いに命を預ける仲だ。義理人情、仁義に礼節、俺たちの世界では一番大事な要素だ」

凄みのある表情でそんなことを言われると、違う世界の話だと勘違いしそうになる。

「そんなお前が、カイザーではあの体たらくだ。……なんか事情があんだろう？」

直球で訊かれて、春翔は返答に詰まった。

死んだ母が頭をよぎるなんて言い訳をするわけにはいかない。それに、母体死亡の遺族などと知れても、ややこしいことになる。

答えに窮していると、東堂が机の引き出しを開き、ベージュの厚紙で綴じられたA4サイズの書類を取り出した。

診療録、いわゆるカルテだ。

「集中できない原因は、これなんじゃねえか？」

東堂が静かに置いたカルテの表紙を見て、春翔は驚愕した。

【草壁翔子】と、印字されていたからだ。

「ご……ご存知だったんですか……」

「まあ、とりあえず座れよ」

東堂が来賓用ソファーを顎でさす。春翔は、崩れるように腰を落とした。

カルテを持った東堂が、ゆっくりと近づいてきた。

「なあ草壁……。日本の妊産婦死亡率はどれくらいか知ってるか？」

妊産婦死亡率とは、十万出生あたりの母体死亡数だ。

「たしか、三・五くらいかと……」

東堂がゆっくりと頷いた。

「そうだ。日本ではしばらく、妊産婦死亡率が五を超えたことはない」

世界でも特に妊産婦の死亡が少ない国が日本だ。しかし医師数は極めて少なく、東堂のような医師が、身を粉にして診療にあたっているからこそ、この数字を維持できている。

「しかしな、毎年約四十人の妊婦が命を落としてるってことは、厳然たる事実だ。俺たちがどれだけ命を削って仕事をしても、決してゼロになることはねえだろう」

東堂が、向かいにどかりと腰を落とした。

「この国の分娩施設が、どれくらいあるか知ってっか？」

まるで口頭試問のような雰囲気だ。

「わかりません。年々減っているってことしか……」

「大体、二五〇〇くらいだ。こうしてみると、相当多いよな」

「その話が、母の死とどんな関係が……」

身を乗り出そうとしたが、東堂の手に制された。

「俺たち産婦人科医が母体死亡を経験する確率ってのは、恐ろしく低いってことだ」

東堂のメガネのレンズが、色濃くなった気がした。

「計算すりゃわかるだろう。医者人生で、一度経験するかしないか。それくらい稀な経験なんだ。母体死亡を知らないまま医者をやめる人間だって、わんさかいる」

メガネの奥の瞳には憂いが宿っている。東堂がカルテに視線を落とした。

「忘れられるわけがねえ……。草壁翔子。俺たちが、この女性の名前を忘れるわけにはいかねえんだよ」

あの日を思い出す。頭を下げた女性医師、それに数人の医者がいた。

「部長も、母の帝王切開に立ち会われていたのですか？」

東堂が頷いた。

「俺が四十のときだ。それ以前も、それからも、俺は一人の母体死亡も経験していない。だから俺は、お前のお母さんのためにも、妊婦を救い続けなきゃいけねえんだ」

東堂も同じ想いを抱いているとは、夢にも思わなかった。

「お母さんが亡くなった日のことを知りてえんだろう？」

直球で訊かれ、言葉に詰まる。もちろん知りたい。しかし、知ってどうなるのかという気持ちもある。

「い……いえ。過去が変わるわけでもないので……」

「でもなあ、お母さんの死を受け入れねえと、お前は前に進めねえと思うぞ」

はっきりと言われ、春翔は言葉を呑み込んだ。

「母体搬送に対応したのは、熊野冴子（くまのさえこ）って医者だ。カイザーも熊野がやった」

頭を下げていた医師が、熊野冴子なのだと理解する。

「会いに行ってみるか？」

唐突に言われ、思わず口籠（くちごも）る。

翔子が命を落とした帝王切開の執刀医だ。

「いっ……、いやっ。会ってどうなるというわけではないので……」

それどころか、平静を保てないであろうことは、想像に難くなかった。

返答に迷っていると、翔子のカルテが眼前に差し出された。

「壁を乗り越えるためには、会うしかねえと思うぞ」

野太い声は、まるでカルテに潜む翔子に語りかけているようだった。

帝王切開もできない情けない産科医のままでは、あんたの息子はやっていけないぞ。

そんなことを言われているように感じた。

「熊野先生と、何を話せばいいんですか？」

思わず声を上げた春翔を見た東堂は、カルテの表紙をトントンと叩いた。

「あの日のことを聞けばいい。それが遺族であるお前さんの使命だ。その上で、お前さんがどう生きていくのか決めればいい」

神妙な言葉に、春翔は息を呑んだ。東堂の言うこともわかるが踏み出せない。

来院からわずか三時間で命を落としてしまった翔子のカルテは、限りなく薄い。しかし、纏う空気は、あまりに重々しかった。

春翔の迷いを察したのか、東堂が身を乗り出した。

「まあ、これは俺のたっての願いでもあるんだ」

「どういうことですか？」

「行けばわかる。俺の顔を立てると思って、熊野に会いに行っちゃあくれねえか？」

色付きメガネがギラリと光った。これだけ迫られたら、断れるわけもない。

「わかりました。……いつになるかは、わかりませんけど」

「そうか」

小さく笑みを浮かべた東堂は、翔子のカルテを差し出した。

「このカルテは、お前が持ってろ」

「えっ？ カルテの院外持ち出しは、禁止じゃ……」

東堂の口角が上がる。

「研究用に許可してやる。それに、上から何か言われても、遺族からカルテ開示請求があったって言えば、なんとでもなるだろう。いいから、お前が持っておけ」

大きな手が、春翔の肩をポンと叩いた。

「そんじゃあそういうことで、まあ、よろしく頼むわ」

なにをどう『よろしく』なのかはよくわからなかったが、東堂は、それ以上の会話をする気はないようだった。

「失礼します」

一礼して、カルテを抱えた春翔は部長室を出た。

さて、いつ熊野冴子に会いに行こうか。

翔子の最期を見届けた人物と会いたいわけはない。しかし、会うなら早く会ったほうがいいとも思った。

冴子と会えば、翔子と電話が繋がる気がしたのだ。この病院に赴任して、翔子の死の記憶に触れた夜に、電話がかかってきた。だから、翔子の死に近い人物に会えば、翔子から電話がかかってくる。

そんな予感がした。

五月九日

春翔が冴子のもとを訪れたのは、翌日、日曜日の夜だった。

冴子が院長を務める熊野診療所は、産成会病院から二駅先の住宅街に建つ、年季を感じさせる木造家屋だ。自宅の一階を診療所として使用しているらしく、昔ながらの開業形態である。

休診日なのであろう、扉の先の明かりは落とされ、沈黙が漂っている。

春翔は、緊張した心持ちで呼び鈴を鳴らした。

しばらくすると、すりガラス越しに小さな人影が見えた。

緊張が高まった瞬間、音もなく戸が開かれた。現れたのは、細くて小さな女性だった。

「わるいね。今日は休診なんだ」

抑揚のない声。記憶の声と照らし合わせようとするが、一致もしない。

大体、こんなに小さな女性だったというのも意外だった。

記憶の中の冴子は背の高い印象であったが、それは当時、自身が小さかっただけなのだと気づく。実際に対峙した冴子の身長は百五十センチくらいだろうか、春翔よりも頭一つ小さい。

とにかく、痩せている。

頬の肉は痩け、切れ長の目からは、生気を感じられない。無地のブラウスから伸びる腕も細い。年齢は五十歳くらいのはずだが、無駄な肉がないためにもう少し若くも見える。飾り気のないショートの黒髪が、さらに線の細さを際立たせていた。

自己紹介をしなければ、と思ったのも束の間、冴子が口を開いた。

「君は、草壁先生か？」

「はっ……はいっ。なんで俺の名前を……」

慌てて言葉を返すも、冴子の真っ白な頬には皺ひとつ浮かばない。本当に人間なのかと疑いたくなる。

「東堂さんから連絡があった。近く君が訪ねてくる、よろしく、と」

「そっ、そうだったんですか……」

「入りなさい」

伸びた背筋をくるりと返し、冴子は診療所へと消えた。


昭和にでもタイムスリップしたかのような診療所だった。

映画の中でしか見ないような、古い木造の診察室。診療机と患者用の丸椅子も木製で、いかにも年季が入っている。ステンレス製の味気のない無骨なデザインの薬品棚が壁際に設置されていて、カーテンで遮蔽された先には、三台の患者用ベッドが並んでいた。

壁には振り子時計が設置され、カチカチと一定のリズムで時を刻んでいる。格子窓が開かれ、吊るされた風鈴が、湿った風に揺られ涼やかな音を立てていた。

「古い施設で申し訳ないな。引退した父の跡を継いで、細々とやっている診療所でな。

正直、建て替える金もない」

冴子が診療机の椅子に腰を落とした。春翔に、向かいの丸椅子に座るように促す。

言われたまま座ると、ようやく冴子の目線と高さが合った。無表情で暗い顔。瞳の大部分を、淀(よど)んだ黒が占めていた。

「……あの日のことを聞きにきたのか?」

特に雑談もなく本題を切り出され、春翔は口をつぐんだ。沈黙を肯定と捉えたのか、冴子が手を差し出す。

「カルテを出したまえ」

「はっ……はい」

慌てて、カルテを手に取る。

冴子の混沌(こんとん)たる瞳からは、感情は読めない。春翔の背筋に冷たい汗が伝った。

「読んだか?」

恐ろしく端的な質問に驚く。

「そんなに簡単に読めるわけないですよ。母の死が書かれているんですから」

冴子の瞳が再び虚ろになった。

「そうか……」

それっきり、会話が途切れた。

そして長い沈黙の後、冴子が春翔を見据えた。

「では、話を聞かないのか？」

抑揚のない声が、心に障った。

「きっ……聞きますよ！　そのために来たんですから！」

段々と怒りが込み上げてきた。なぜ目の前の女性は、こんなにも淡白なのだろうか。

翔子は、この女性の手によって死んだのだ。

訊きたいことは山ほどある。

どうして手術を決断したのか。そもそも、冴子には、翔子を助けられるだけの技量があったのだろうか。死を宣告するときの気持ちは？　この様子だと、至極あっさりと救命困難を判断したのではないだろうか？

春翔の不審をよそに、冴子がカルテを捲った。

翔子の死に様が記されたカルテがあらわになり、口が渇くのを覚えた。

たった見開き一枚のページには、びっしりとシールが貼られていた。

輸血ロット番号管理用のシールだ。副反応が生じたときに、製剤番号を確認できるように診療録に貼り付けるものだ。おびただしい枚数のシールは、相当量の輸血が翔子に投与されたことを示している。成人女性の血液量は、およそ四リットル。ざっと見ても、その三倍以上の輸血が投与されていた。

手術室の血の匂いが蘇り、春翔は小さくえずいた。嘔気と格闘していると、開放された窓から湿った風が吹いてきた。雨の香りと共にポツポツと音が聞こえ、途端に強くなる。

「あの日も、こんな雨だったな」

冴子が、窓を一瞥した。

「草壁翔子さんが倒れたのは、午後七時三十分。私が母体搬送依頼を受けたのは、午後八時三十二分。彼女が出産するはずの武田医院からの電話だった」

決して大きいとは言えない冴子の声は、雨音に消されることなく春翔の耳に届く。

「早剝の疑いが極めて強い、至急の搬送を要する。当直医だった私は、すぐに受け入れを決定し、君たちが到着したのは午後九時五分だ……」

冴子の細い指が、カルテの上段をなぞった。

「超音波にて診察。胎盤下血腫を認め、胎児心拍は徐脈のまま戻らず。早剝の診断に相違なしと判断する。ご本人に病状説明の上、緊急帝王切開を決定……」

じとりとした瞳が、春翔に向けられた。

「あいにく手術室は満室で、分娩室奥の緊急手術用ブースを使うことになった」

瞳の闇が、一層深まった。

「あれは、実に凄惨な手術だった」

他人事（ひとごと）のように淡々と話す冴子の言葉に、心がざらついた。しかし、吐き気が強く、抗議もできない。

「子宮は腫れ、赤黒く変色していた。……正直、メスを入れるのを躊躇（ためら）った」

変色した子宮は、クーベレール子宮と呼ばれる常位胎盤早期剝離特有の所見だ。胎盤からの出血が多量となり、子宮筋層、漿膜（しょうまく）、卵管まで血液が浸潤することによっておこる。

「子宮を切った途端、大量の血が溢れ出てきた……。血の海の中から取り上げた胎児はぐったりしていて、啼泣の予兆すらなかった」

淡々とした語り口調はとても生々しく、胃酸が食道まで逆流するのを自覚し、胸が焼けるように熱くなった。

「児は新生児科に任せ、私は子宮の処置に戻ったが凄惨な状況だった。どれだけ子宮を圧迫しても、とめどもなく血が溢れてくる。すでに産科ＤＩＣの状態になっていた」

ＤＩＣの日本語訳は、播種(はしゅ)性血管内凝固症候群という。人間の血液は、常に固まり、溶解されることを繰り返している。その機能が破綻し、体中のありとあらゆる臓器から、出血が止まらなくなる状況がＤＩＣだ。特に出産に伴う異常の場合には、急激な大量出血により凝固に必要な因子が失われ、あっという間にＤＩＣに陥ることも少なくない。

やはり、対応が遅過ぎたのだ。もっと早く病院に着いていれば、ＤＩＣになっていなかったかもしれない。後悔が春翔の心を蝕(むしば)んだ。

「どれだけ輸血を投与しても、無駄だった。子宮摘出も考えたが、摘出している間に母体心拍が停止する。それくらい激しい出血だった……」

「もういいですっ！」

手術の詳細は、とても聞いていられるものではなかった。聞けば聞くほど、自らが責められている気持ちにもなった。

「母が亡くなったのは俺が原因なんだってことが、充分わかりました。だから……、もういいです！」

やはり、冴子の話を聞いてもいいことなどなかった。自身の罪を再認識するだけだ。

「もう俺は、救えるだけの命を救うしか、生きる道が残されていないんです！　母の代わりに何人でも命を救うんです。救わなければ、……俺は……」

段々と、自分が何を言っているのかわからなくなる。でも、もう決めたことだ。誰に何を言われようと、この道を進むしかない。

「君は一体、何を言っているんだ？」

冷たい声が、春翔を刺した。

「え？」

「あの場の責任者は私だ。草壁翔子さんが亡くなった責任の所在は、私にある。だから、君が気に病むことはない」

「そんなこと言われたって無理ですよ。どう考えたって、俺に責任があるんですから」

「幼かった君が背負うものではない。だから君は、あの日のことは忘れろ。今からでも前を向いたほうがいい。君がこれから救う命と翔子さんの命は、別のものだ」

忘れろ。その言葉が、異様に冷たく耳に響いた。拒絶心が胸の内で膨らむ。

「俺は……、赦（ゆる）されちゃいけないんですよ。母を忘れたら、だめなんだ」

「……何を言っているんだ？」

自分でもわからない。しかし、この咎（とが）は渡してはならないと、本能が訴えかける。

「母は、俺のせいで死んだんです。そうじゃなきゃだめなんだ！　俺の咎が消えてしまっては、俺は……」

思考がぐるぐると回り、主張がまとまらない。心臓が煩く音をかき鳴らす。

なぜ、冴子の言葉に対してこれほどまで強い拒絶が湧き起こるのだろうか。

混乱する中、春翔の脳裏に翔子の鋭い視線が浮かび上がってきた。助けを求める視線。ずっと心に突き刺さり続けている巨大な後悔。

そのとき、自らの心が知れた。

この後悔こそが翔子との最後の繋がりなのだ、と。

だから簡単に消してしまうわけにはいかないのだ。歪んだ楔かもしれない。しかしそれでも、自分が赦されてしまっては、翔子との絆が消えるのだ。

「俺の咎を奪わないでくださいっ！」

思いの丈を叫ぶ。

「あっ、あなたなんかに……。人の心すらわからないあなたなんかに、俺の後悔を渡すわけにはいかないんですっ！」

あまりに大きな声を上げたため、息が切れた。

しばらく、雨音だけが部屋に鳴り響いた。

「草壁先生……」

冴子の瞳は、さらに闇が色濃くなり、直視していると引きずり込まれそうになる。

彼女と同じ空間にいることが、耐えられなくなった。

「帰ります！」

踵（きびす）を返し、春翔は玄関口へと向かう。

背中に冴子の声が聞こえた気がしたが、それを無視して外に飛び出した。

強い雨が体に打ちつける。それでも春翔は、走り続けた。

家へ……、翔子との記憶が残る、あの家へ。

自宅へ戻ると、暗闇が春翔を包んだ。

結局、冴子と会っても心を掻（か）き乱されただけだった。東堂が何を期待したのか知れないが、翔子が死んだ事実は変わらないし、自分がその後悔を手放したくないことも自覚させられた。

冴子の淀んだ瞳が付き纏う。

あんな感情の籠らぬ言葉で、責任は自分にあると言われても納得できない。冴子にとって、翔子は数ある症例の一つでしかなかったのだろう。

翔子を失った悲しみと後悔は、家族である自分にしかわかり得ないのだ。

玄関の先に延々と続く闇は、まるで自身の心を映しているかのようだった。

どんよりとした気分でリュックをおこうとしたとき、背中に微(かす)かな振動を感じた。微妙な違和感を覚えた瞬間に、翔子のＰＨＳを入れていたことを思い出した。着信があったのかと思い、慌ててリュックの中からＰＨＳを取り出したが、反応はない。

どこかに電波が走っているのかもしれないと、ＰＨＳを方々に振る。

裁縫室の扉に向けた瞬間、微かな振動が手に伝わった。

指先の神経にまで意識を集中させて、再び裁縫室にＰＨＳを向けると、やはり機械が起動するときのように微妙に震えた。

裁縫室だ！　直感が、そう訴えかけた。二日前に翔子と会話をしたのも、裁縫室だった。この部屋で電話が繋がるに違いない。

春翔は一目散に扉を開いた。

足を踏み入れると、沈黙していたＰＨＳが、突然けたたましい音を立てて光り出した。

煌々と光る液晶画面には、電話番号も表示されていないが、単調な電子音が奏でているのは、間違いなくあの鼻歌だった。

恐ろしく奇妙なことが起きている。しかし春翔には、今日、このタイミングで電話がかかってくるのが必然のようにも思えた。

――声を聴きたい！

縋るように通話ボタンを押す。電波の交雑音が耳を触り、心臓が大きく脈打った。

『もしもし』

電話口の呼吸音から少し遅れて、優しい声が届いた。

憂鬱が吹き飛んでいく。どんよりとした雲が一斉に晴れるようだ。翔子の声は、それほどまでに慈愛に溢れていた。

「もっ……もしもしっ！」

『えっ？』

翔子の声に、途端に緊張が走るのがわかった。

『ひ、博史さんじゃないの？』

「えっ……ええと」

『やだっ、私ったらまた間違えちゃったのかしら。最近なんだかおかしいわ』

慌てた声からは、翔子がすぐに電話を切ろうとしていることが窺えた。しかし、切られるわけにはいかない。次にいつ繋がるのか、わからないのだ。

「電話を切らないでっ、……母さん！」

渾身（こんしん）の力を込めて叫ぶ。

『え？　だ、誰？』

驚いたような声が返ってくる。

春翔は、さらに捲（まく）し立てた。

「草壁春翔ですっ！　俺は、あなたの息子のっ……、春翔ですっ！」

『……』

声にならないほどの小さな悲鳴が響き、互いの間に沈黙が落ちた。

交雑音に混じって聞こえてくる雨の音が、やけにうるさい。

永遠にも思えるほど長い時間が流れたあと、翔子の声が届いた。

『何を言っているんですか……。あなたはだれ？　一体、何が目的なの？』

冷たい声が耳に刺さり、体が硬直する。

「だから、俺は母さんの子供だって」

『さ……、詐欺の電話でしたら、警察に通報しますよ』

拒絶に満ちた声。強く突き放されたような気がした。

翔子からこんな声をぶつけられた記憶は、一度としてない。母の優しい声は、常に春翔を包み、守ってくれていたのだ。しかし、今、翔子が守るべき対象は、小学生の春翔なのだと思い知らされた。未来の自分は、家族の安全を脅かしかねない敵なのだ。

頭では理解できても、あまりに冷たい対応に動揺する。

「あっ……、あのっ」

『……どこかから見ているんですか？　家族に何かしたら、私はあなたを許さないわよ！』

とりつく島もない。翔子の声は、とても興奮していた。切られてしまう。このままでは、二度と会話することも叶わない。それだけは嫌だ。この電話は、暗闇の人生に見えた、たった一つの光なのだ。

「ちっ……違うんだよ、母さんっ」

『やめてっ！　馴れ馴れしく呼ばないでっ』

どうすればいいだろうか？

二十年前に死んだ人間と会話をしている。そんなことを信じさせられるわけもない。しかし、このままでは電話を切られてしまう。

春翔は、堰を切ったように話し出した。

「俺は、正真正銘、草壁春翔なんだ。とうさっ……、草壁博史と翔子の子供で……、母さんが十八のときに産まれた草壁家の長男だ！」

『そんなことまで知ってるなんて……、何を見て調べたの……』

翔子の声に恐怖が混じる。ストーカーだとでも思われているのかもしれない。

しかしそれでも、強引にでも信じてもらうしかない。こちらには、後ろめたいことなど、何もないのだ。

「何も調べてないっ。だって、俺自身のことなんだから！　自分のことだったらなんでも言える。母さんの得意料理のオムライスが大好物だってことも、卒園式で友達と別れるのが辛くて大泣きしたのを母さんに慰めてもらったことも、じいちゃんの葬式で、じいちゃんはお空に行ったって母さんが教えてくれたことも、全部言えるっ！だって俺は、草壁春翔なんだから！」

電話口の翔子に想いを伝えるように、ありったけのエピソードを吐き出した。

一気に捲し立てると、電話の先から雨音が聞こえてきた。部屋の窓に響く雨音と重なり、不協和音を奏でる。それが、春翔の心の不安を掻き立てた。

やはり無理なのか。そう思った瞬間に、ようやく翔子の声が返ってきた。

『随分詳しいみたいだけど、やっぱり信じられないわよ……。だって、春翔はついさっきまで寝室で一緒にいたのよ……』

硬化した声色のままだが、少しの迷いも伝わってきた。春翔の言葉を、完全には否定しきれない様子だ。

『……ねえ』

緊張した声。

「なっ……、なに？」

また、沈黙。

互いの間に、雨音が割り込む。

『もう一度訊くけど……。あなたは一体、何者なの？』

ここが勝負どころだと、翔子の気持ちは揺らいでいる。直感が訴えかけた。信じさせるなら、今しかない。

春翔は、渾身の力を込めて叫んだ。

「未来からの電話なんだっ！」

『みっ……、み、みらい？』

「今日は二〇二一年、五月九日。俺は今、マンションの裁縫室から電話をしてるっ」

ガサガサと音が聞こえる。併せて響く衣(きぬ)ずれの音が、翔子が周囲を見渡していることを春翔に伝えた。PHSを胸に抱えてキョロキョロしている、そんな母の姿を思い浮かべると、緊張がほんの少し和んだ。

「どこからも覗き込んでないよ」

『ひゃっ！』という、素っ頓狂な声が響いてきた。

『なんで私のやってることがわかるのよっ』

「だって……」

ずっと一緒だった母さんだから、という言葉は呑み込んだ。

翔子はおっちょこちょいで、いつもバタバタとしていた。おっとりとした話し口調のわりに、いつも一生懸命に動き回るギャップが、周囲の人間を幸せな気持ちにしていたのだ。

楽しかった日々が思い出される。

『もしもし、……ちょっと、聞いてるの？』

我に返る。翔子の声は、少しながら角が取れたように思えた。

「もう一度言うから、よく聞いてね」

『はっ……はい』

「こっちは今、二〇二一年なんだ。俺は今、二十七歳なんだよ」

『にっ、二十七歳って……、私は二十五歳よ！　なんで私の子供が、私より年上なのよ』

「だから、二十年後なんだって」

『そんな人と電話が繋がるはずなんてないでしょ。あなた、やっぱり春翔じゃないわよね……。もしかして、変質者なんじゃ』

翔子が、すっかり混乱している。まさか、実の親から変質者扱いされる日が来ようとは、夢にも思わなかった。

『大体、私は博史さんに電話をかけようとしたのに、なんであなたに繋がるのよ？』

「わからないよ。そもそも、俺から電話をかけたわけじゃないんだから」

『わからないってなによ？　だってこれ、あなたの電話でしょう』

「……違うんだ」

『えっ』

「俺が持っているのは、母さんのPHSだよ。……ピンクの、ラメが入った」

電話の先で、再び『ひゃっ』と悲鳴が上がった。

『私のピッチは、私がいま使ってるわよ。……同じピッチが繋がるなんて、そんなことあるはずないじゃない』

「……確かにそうなんだけど」

そもそも、この奇妙な出来事を説明できる言葉もない。

『それに年上の男の人に俺は春翔ですなんて言われても、どう考えても納得できないわよ。だって春翔は、小学校に上がったばっかりの可愛い男の子よ』

本人は、勢いよく捲し立てているつもりだが、話し口調は相変わらず遅いため、所々、坂を転げるような独特のリズムになる。

やはりこんな奇想天外な話など伝わらない。しかし、そんなことを言っている場合でもない。自分が春翔だということを、翔子に理解してもらわねばならない。

記憶を掘り起こす。

「小学校は二葉小でしょ？　一年二組、出席番号八番。前の出席番号の子は、同じマンションの笠原くん。後ろは……、ええと、そうだ、母さんが仲良かった、桜井さんの娘さんっ」

声にならない悲鳴の後、ガサガサと忙しない音が響く。

またキョロキョロしているのに違いない。

「だから、どこからも覗いてないって」

『なっ、なんでそんなに詳しいことまで知っているの？』

「いや、……だから」

堂々巡りだ。現象のややこしさに翔子の性格も手伝い、理解を得るのが絶望的に困難に思えてくる。

しかしそれでも、二十年前の情報を粛々と共有していくしかない。

「いい、母さん、聞いて」

『はっ……はい』

「何が起こってるのかはわからないけど、とにかくこっちは二十年後なんだよ……。そっちは多分、二〇〇一年でしょ？」

『うん。平成十三年の五月九日よ』

どうやら、二十年前の同じ日に、電話が繋がっているらしい。

「今の家は五年前に引っ越してきた、国道沿いのマンション」

『そうね』

「俺が今年から二葉小に通って……」

『うんうん』

「母さんは今、秋穂を妊娠している……」

翔子の相槌が止まった。

妙な間に違和感を覚えたが、会話を続ける。

「俺の言葉に間違いはないはずだ。だから、どうにか納得してよ。俺にだって理解できないことが起こってるけど、無理矢理納得しているんだよ」

再び、雨音が二人を支配する。

今度の沈黙は、随分と長かった。背中に冷や汗が伝う。

『ねえ』

翔子の声は一オクターブ低く、どこか神妙な雰囲気を醸し出していた。

「なっ……なに？」

『……今、秋穂って言ったわよね？』

「そうだよ。母さんは今、秋穂を妊娠しているでしょ？」

四度目の沈黙。

雨の音の後に届いた翔子の声は、震えていた。

『私たちは、まだお腹の子の名前を決めてないのよ』

……しまった、と心の中で叫ぶ。

二日前の電話で、性別がわかったと翔子がはしゃいでいた。そんな時期に名前など決まっているはずもない。これでは、また不信感を持たれてしまう。

『なんであなたが名前を知っているのよ？』

「そっ……それはっ」

なんと言えば正解だろう。口籠っていると、翔子の声が返ってきた。

『その名前はまだ、私しか知らないはずなのよっ』

「えっ？」

『女の子だったら、秋に産まれるから秋穂にしよう。絶対そうしようって思ってたの。でもまだ誰にも言ってないの。博史さんにもよ。秋穂は、私しか知らないはずの名前なのよ』

気づけばその声は、柔らかさを取り戻していた。

『ねえ……』

「なっ……なに？」

『もしかして、あなたは本当に未来の春翔なの？』

不意に名前を呼びかけられ、思わず目頭が熱くなった。

小学生の春翔を指す声ではない。直接、自分の名を呼んでくれたのだ。二十年ぶりに母が呼んでくれた名前に、鼓動が速まった。

「そっ、そうだよ。俺は、春翔だよ」

震え声を悟られないように、小さく言葉を返す。

翔子が、ため息をついた。

『でも……、未来の春翔と電話してるなんて、まだやっぱり信じきれないわ』

うーん、と翔子が電話口で唸る。

『ねえ春翔』

あまりに自然に名を呼ばれ、飛び上がりそうになる。

「なに、……母さん」

『もう一つ、決定的に納得できるものがあったら、私はあなたを未来の春翔だって認めるわ。なにか証明できるものはない？』

「そんな無茶な」

『本当の春翔なら出来るはずよ。考えてみて』

突然独自のルールを作って、周囲を従わせてしまう。それも翔子の得意技だった。

こうなってしまっては、翔子はテコでも動かない。

「ちょ……、ちょっと待って。考えてみる」

必死に頭を巡らせる。しかし、焦りからか思考が上手く働かない。

考えろ、考えろ、……考えろ！

光の糸は、摑みかけているのだ。最後の一手を見つけろ！

リュックをひっくり返し、中身を床にぶちまける。それらを、片っ端から弄(まさぐ)った。

財布にスマホ、ノートパソコン、参考書に論文のコピー。使えるものが何一つない。

その時、右手に小さな冊子が触れた。

先日、遺品の箱から見つけた母子手帳だった。草壁翔子と名が記載された手帳は、二十年前の母が持っていたものだ。それを思ったとき、春翔の心は震えた。

これを使えば、自分が未来にいることを証明できるのではないだろうか？

「ねえ、母さん」

『……なに？』

「今、俺は秋穂の母子手帳を持ってる。母さんも、もちろん持ってるよね」

『母子手帳？　ちょっと待ってて。今探すから』

ガサゴソと音がする。

『あっ、見つけたわよ』

春翔は、緊張した心持ちで口を開いた。

「その母子手帳の、どこでもいいから、何かを書き込んでほしいんだ」

『なにかって、何を書けばいいのよ？』

訝(いぶか)しげな声が返ってくる。翔子はまだ、春翔の真意をはかりかねているようだ。

「なんでもいいよ。母さんが書き込んだものを、俺が当ててみせる」

その言葉で、ようやく合点がいったようだ。翔子が弾んだ声をあげた。

『未来の春翔なら、私が何を書いたのかわかるってことね！』

「そういうこと。だから、内容を指定しないほうが、信頼性が増すでしょ」

声が震えるのを抑えられなかった。この試みが成功したらという希望で胸が躍る。

『なんだか、手品みたいね』

翔子の柔らかい含み笑いが、耳をくすぐった。

「うん。こっちは二十年後だから、鉛筆じゃなくて、消えにくいもので書いてね」

『わかったわ。じゃあ、油性ペンにしようかしら。……マジックだけにね』

楽しそうに話す翔子は、すっかり乗り気のようだ。

『じゃあ、裏表紙の内側のスペースに書き込むわよっ』

「……うん」

『見ないでよ。あっ、見られないところで書けばいいかっ』

「はやく書いてよ」

『もお、急かさないでよ。いま考えているんだから』

しばらく、翔子の唸る声が聞こえたあと『あっ！　決まったわ』と、明るい声が響いた。

『じゃあいくわよ』

母子手帳のページを捲る。緊張で手が震えて、中々上手くいかない。

ようやく開いた真っ白なページを、春翔は凝視した。

電話口からは、鼻歌と共に、マジックペンが紙を擦る音が聞こえてきた。

やがて、目の前で、驚くべき現象が起こり始めた。

真っ白な紙に、文字が浮かび上がってきたのだ。

丁寧な文字は、透明なマジックが動いているかのように書き綴(つづ)られる。柔らかい性格そのものを表しているかのような丸みがかった文字は、間違いなく翔子のものだった。

油性インクは、すでに紙に浸透しきっており、真新しいものという印象はない。それどころか、ところどころ褐色に変色しており、長い時を経過した古い黒に見えた。

二十年前の翔子が、今、まさに書き込んでいる。それを実感して、胸が熱くなった。

筆が止まった。

『書き終わったわよ』

「……うん」

小さな声を返すのが、やっとだった。

母子手帳に書き足された文字を何度も読み返す。

【春翔くんの将来の夢はなんでしょうか？　翔子より】

短いメッセージ。しかしこれは、間違いなく未来の自分に対して書かれたものなのだ。

『もしもーし。聞いてますか？　次はあなたが答える番よ』

「ごっ……、ごめん」

慌てて答え、呼吸を整える。言葉を発すると、涙が流れそうになってしまう。

涙が溢れないぎりぎりの声量で、春翔は答えを口にした。

「俺の……、俺の小学生の頃の夢は、Ｆ１レーサーになること……でした」

噛み締めるように答える。

しばし沈黙が流れた後、興奮した声が電話口に響いた。

『すっごーい！　大正解！　この電話、本当に未来に繋がってるの？　奇跡じゃない！　一体どうなっているの？』

まるで、ゴム毬がそこかしこに跳ねるような、陽気で興奮した声に戸惑いを覚える。自身の感情と、あまりに大きく乖離していたからだ。とても二十年ぶりに巡り会えたような感動は感じられない。しかし、その理由は明らかだった。

翔子は、自分が死ぬことを知らない。

翔子が亡くなる未来なんて、絶対に察知されてはならない。様々な感情が入り乱れる中、それだけは冷静に判断できた。

蝶が舞うような声が届く。

『ねえ春翔。春翔は、Ｆ１レーサーにはなれなかったの？』

「えっ……、えっと……。そうだね。俺は結局、医者になったんだ。今、四年目」

大きく息を吸い込む音が響いた。

『お医者さんになったの！　すごいじゃない！　なんでお医者さんになろうとしたの？』

矢継ぎ早に、翔子から質問が浴びせかけられる。

翔子を失ったから、など言えるはずもない。

「あっ、ええと……、中学生のときに怪我して入院して、そのときに決めたんだ」

しどろもどろの答えになる。

ザザッ……、突如、大きな電子音が割り込んできた。

『ねえ……、……中学生で……なに？　聞こえな……』

頻繁に入る交雑音が、翔子との電話が途切れることを予感させた。

会話が終わってしまう。せっかくお互いを認識できたのに。次、いつ電話が繋がるのかもわからないのに。

この不可思議な現象に、何かルールはあるのだろうか？

外を見ると、あれだけ激しく降っていた雨がやみかけていた。

『……春翔っ、……ねえ』

翔子の声が響く。電話越しの激しい雨音を思い出す。

雨だ。そう確信する。

「ねえ、母さんっ！」

『春翔っ？』

「雨の日だっ！　また雨の日に俺に電話してっ！」

ありったけの声を張り上げる。

交雑音が大半を占めるようになり、やがて電話がプツリと切れた。

「母さんっ！　母さんっ！」

いくら呼びかけても、電池が切れたようにPHSは反応しなくなった。体からすっかり力が抜け、腰を落とす。緊張が解けたのか、疲れがどっと押し寄せてきた。最後の言葉は、翔子に伝わっただろうか。少しの不安を覚える。

しかしそれ以上に、とてつもない希望を感じさせる出来事が起こった。

母子手帳を手に取る。開いた最後のページには、翔子の文字が確かに書き込まれている。あのやりとりは、幻ではなかった。

とんでもないことが起きた。

元々、なにも書かれていなかった母子手帳に、新たな文字が加わった。

それはつまり、過去が変わったということだ。

身震いする。

過去を変えられるとは即ち、翔子を救える可能性があるということだ。

沈黙が訪れた部屋で、春翔は翔子のメッセージを穴が開くほど読み返した。目から熱い涙が伝い落ち、ラグカーペットに次々と跡をつける。

翔子が残してくれた文字を消さないように、母子手帳を胸に抱え、いつまでも抱きしめていた。

五月十四日

春翔は裁縫室でＰＨＳを見つめていた。

『雨の日に俺に電話してっ！』

あの言葉が届いていれば、今日、電話がかかってくるはずだ。

理解し難（がた）い超常現象ではあるが、電話が繋がるには、どうやらルールがある。裁縫室、お互いの雨、そして、電話をかけられるのは翔子のほうから。春翔はそう予想した。

この数日間、春翔がどんなに操作しても、ＰＨＳには一つの反応もなかった。おそらくこの電話は、過去から未来への一方通行らしい。

そこで春翔は、二十年前の気象情報から、雨の日を全て調べ上げた。

午後八時、薄暗い裁縫室には雨音が響いている。そして、二十年前もまた、雨だ。

電話が繋がる条件は揃（そろ）っているはずだ。しかし、待ち続けて随分経つが、ＰＨＳは沈黙を保ったままだ。

今日は電話がこないのかもしれないと諦めかけた瞬間、ＰＨＳが煌々と輝き出した。

「うわっ！」

思わずのけぞる。電池が抜かれたように無反応だった機械が突然光り出す様は、何度見ても心臓に悪い。しかも、よく見ると、液晶だけでなくＰＨＳ全体が緑色に光っている。改めて見ると、相当不気味である。

光る電話を眺めていると、鼻歌の着信音が、『早く電話を取れ』と訴えかけてきた。

春翔は、慌てて電話を取った。

「もしもしっ、春翔です！　母さん？」

『もしもーし』

ふわりとした声に安堵する。三回目の電話が繋がった。

『本当に繋がるのね。なんだか不思議ね』

おっとりした声からは、すでに春翔を警戒する様子は感じられない。ただそれだけのことに感慨する。

『ねえ春翔、私、一杯訊きたいことがあるんだけど』

「ちょっと待って……。その前に、色々確認しておきたいことがあるんだ」

弾むような声が聞こえてくる。

『えー！　なによ、そんなにあらたまっちゃって』

話の腰を折られた翔子は、一転、不満げに言った。

「ごっ……、ごめん。質問には後で答えるから」

『わかったわよ。じゃあ、手短に頼むわよ』

ほっと胸を撫で下ろす。それにしても、二十年ぶりに話す母親は、よりによって年下だ。声も記憶より若い。だから、どうにもペースが掴みづらい。

「じゃあ、いくつか質問するね」

春翔は、ノートのページを捲った。『確認事項』とタイトルをつけたページには、気になったことを箇条書きしてある。

「ええと……、今日は何月何日？」

『五月十四日よ、月曜日』

春翔は相槌を打ちながら、『日付は連動している』に、丸印を書き込んだ。翔子の命日までは、およそ二ヶ月だ。

「そっちは今、雨が降ってるの？」

『降ってるわよ。雨のときに電話してって言ったのはそっちじゃないの』

「そっ、そうだったね……。ちなみに、今電話しているのは裁縫室？」

『うん……。他の場所からはかけられないみたいなの』

仮説は全て当たっている。春翔は、次々と丸を書き込んだ。

そして、翔子は自身の意思で電話をかけているようだ。ならば、訊いておきたいことがある。

「ねえ母さん。この電話って、どうやってかけているの？」

やり方がわかれば、こちらからも電話できるかもしれない。

しかし翔子から返ってきたのは、ため息だった。

『それが、よくわかんないのよ』

あっけらかんとした物言いに、ＰＨＳを落としそうになる。

「わっ、わかんないって……、母さんが電話をかけてるんでしょ？　なにかないの？　どこかのボタンを押したりとか、番号録に見知らぬ電話番号が登録されてたとか……」

翔子の思案する声が聞こえてくる。

『えーっとね……、上手く言えないけど、念じるのよ』

「ねっ……、念じる？」

『そう。春翔のことを想うと、電話がフワッて温かくなって光るのよ。そしたら、未来に電話が繋がるの』

「そんなアバウトな……」

すると、翔子の声が不満を帯びた。

『でも、本当なのよ。はじめての電話のときって、私は博史さんにかけようとしてたのよ。でも、そっちに繫がっちゃったでしょ？』

あの夜、二十年ぶりに聞いた翔子の言葉を思い出す。

「間違い電話だって、勘違いしてたね」

『そうなの。でも、よくよく思い出してみたら、博史さんの番号を押す前に、電話が繫がったような気もするのよ。あのときは秋穂の性別がわかったことに有頂天になっちゃって、春翔と秋穂のことばっかり考えてたからだと思うの』

それが、念じてた、ということなのだろうか？

雨、裁縫室、翔子の想い、それが重なったときに、未来への電話が繫がる。

翔子が、捲し立てるように続けた。

『冷静に考えると、ピッチが急に光るって気持ち悪いわよね。でも、不思議と嫌な感じじゃなかったのよ』

翔子が柔らかく笑った。

非科学的な話だが、翔子が嘘を言っている節はなかった。ＰＨＳが光を放つところは未来の世界でも同じだし、不思議と春翔も、この奇怪な光を不快には感じない。

『そっちの質問はもう終わり？　もう次は私の番でいいわね』

待ち切れない、という様相の声が響いた。

「ちょ、ちょっと待って。もうちょっと」

『もおっ……、まだあるの？』

明らかに不機嫌そうな翔子に訊けることは、おそらくあと一つだけだ。

春翔は、被せるように口を開いた。

「電話のこと、父さんには話したの？」

実は、これが一番訊きたかったことだった。電話のことを、すでに博史に話してしまっていては、今後ややこしい話になるからだ。

返ってきた翔子の声は、少しだけ沈んでいた。

『話してないわよ。最近、博史さんの仕事が忙しすぎて、ほとんど話す暇がないのよ』

思い返せば、幼い頃の記憶に博史はほとんどいない。授業参観も、運動会も、それこそ、翔子が倒れた七月九日ですら、博史は家にいなかった。

『ねえ春翔、聞いてよ』

「なっ、なに？」

翔子の死を思い出していたところに、本人の声が響き、春翔は素っ頓狂な声をあげた。どうにも頭が整理しきれない。そんな春翔をよそに、翔子は独特の坂を転げるようなテンポでまたも捲し立てた。

『博史さん、いっつも帰ってくるのが十一時過ぎなのよ。疲れ切ってて、お風呂だけ入って、すぐにバタンキューよ。それで毎朝六時出勤。話す暇なんてないのよ！』

博史は、加工食品メーカーに勤めている。翔子が亡くなる前も、亡くなった後も、彼は仕事人間だった。

『おかげさまで私、春翔を寝かしつけてから、家でずーっとひとりなのよ。ドラマを見るくらいしかやることがなくて、すでに全局制覇しそうな勢いよ。まだ二十代なのに、そんな生活ってないわよね』

翔子も寂しさを感じていたのだ。それを思うと、父に対する小さな怒りが心に湧いた。

『だからね、未来の春翔と話していることは秘密にしてるのよ』

フフッと笑う翔子の声が、耳をくすぐった。

「えっ……、どういうこと？」

『二十年間、ずーっと秘密にしておくの。それで、私がおばさんになったときに、博史さんに教えてあげるのよ。あのときあんまり寂しかったから、未来の春翔が私の暇つぶしの相手をしてくれたのよって。博史さん、絶対に驚くわよ、ねえ、面白いと思わない？』

言葉に詰まった。

「そっ……、そうだね。いいと思う……」

なんとか出した声は、掠れてしまう。翔子が楽しみにしている未来はこないのだ。

『ちょっと、ノリが悪いわよ、春翔』

「ごっ……ごめん」

動揺した心を抑えつける。

「あっ、あの、しばらくこの電話のことは、誰にも言わないでほしいんだ」

『なんで？』

「色々と制約があるみたいなんだ」

『ルールってこと？』

「そう。今から説明するから、よく聞いて」

翔子に伝える。電話が繋がる条件や、日付が連動していること。

そこに、ほんの少しの嘘を混ぜた。

電話のことを他の人に話してはいけない。電話は、春翔と翔子の二人でしか繋がらない。

『なんだか、ややこしいわね』

「そっ、そうなんだ」

架空の縛りは、翔子の行動を制限するためのものだった。

春翔は、過去を変えようとしている。そのためには、何を変えたら現在がどうなったのかを、慎重に見極める必要がある。翔子に想定外の行動をされてしまっては困るのだ。

『そっか、残念ね。おじさんになった博史さんとか、秋穂とも話したかったのに』

しぼんだ声が、春翔の心をチクリと刺した。

秋穂はこの世にいない。しかし、それを話せば、翔子が命を落とす過去についても言及しなくてはならない。だから、言えない。

これは翔子を救うための嘘なのだと、心に言い聞かせる。

『ねえ春翔』

「なっ、なに？」

『そろそろ、私の番でいいわよね』

翔子が悪戯っぽく笑った。

「も、もちろん」

『じゃあまずは、未来の家族について訊きたいわ』

「かっ、家族のことね。大丈夫……、ちょっと待って」

言いながら、春翔は慌ててノートのページを捲った。

『大丈夫ってなによ？』

訝しむような声に心臓が跳ねる。

「いや……、なんでもないよ。どんなことが知りたいの？」

『最初はやっぱり、私と博史さんのことが訊きたいなあ。私たちは、まだ仲良くやっているの？』

春翔は、ゴクリと唾を飲み込んで、開いたページを見つめた。

びっしりと記載されているのは、架空の未来だ。翔子から家族の未来について訊かれることは、想像に難くなかった。だから、詳細に作り込んできたのだ。

「母さん達は、仲良くやってるよ。今、父さんと二人で、シンガポールで暮らしてる」

嘘に真実を混ぜ込む。この設定ならば、根掘り葉掘り詳細を訊かれても、最近あまり会えてないからわからないと、はぐらかすこともできる。

『うっそ！　私たち、シンガポールにいるの？　私、シンガポールなんて、行ったこともないのよ』

翔子が、興奮したように声を上げた。嬉(うれ)しそうな声に、春翔の心がチクリと痛む。

「いや……、父さんの仕事の都合だから……」

『英語は？　私、海外の人となんて喋(しゃべ)れないわよ』

まるで友達と話しているかのようなテンションだ。

「そっ、それは、一生懸命勉強して……」

『英会話教室に通ったの？』

さすがに、そこまでの質問は想定していなかった。

「えっと……、オンライン英会話かな？」

答えながら、ページに書き足していく。『翔子は、オンライン英会話を受講した』。

すると、翔子の声がさらに弾んだ。

『オンライン英会話ってなに⁉　ＣＭでやってるお茶の間留学じゃないの？』

質問ラッシュに戸惑う。

そういえば、オンライン英会話が流行ったのは、ここ十年くらいなのだと思い出す。春翔は、自分の経験を交えつつ、その仕組みについて話した。

翔子が感心したような声を上げた。

『へえ……、インターネットって、そんなこともできるの？　凄いわね』

「そうなんだよ。今は、みんながインターネットを使って、買い物したり、いろんなサービスを受けたりできる。それどころか、自分でものを売ったりしてる人も多いんだよ」

あたふたと説明しながら、春翔は左手に持ったスマホで検索をかけた。

どうやら、二〇〇一年の通信環境は、現在と全く違う。Googleが日本語対応したのが二〇〇〇年だし、日本で大きなシェアを誇るiPhoneが登場したのは二〇〇七年、大分先の未来なのだ。

検索に必死になっていると、翔子からため息が漏れた。

『なんだか嬉しいな』

突然の憂いが含まれた声に、驚いた。

「なっ、なにが？」

『ほら、私って、短大に入ってすぐに妊娠して、卒業できなかったのよ……。社会に出て働いている人たちっていうのに、憧れてたんだよね』

「……母さん」

春翔の言葉に、翔子がハッとしたような声をあげた。

『あっ……、そっか……。今電話しているのは、未来の春翔なのか。こんなこと言ったら傷つくわよね。ごめんね……』

「いっ、いや、大丈夫」

友達のようだった翔子の口調が、母親の声に戻る。

『春翔を産んだことは後悔してないのよ。それに秋穂も産まれるし、私は子供が大好き。でもほら、私はまだ二十代だし、将来いろんなことに挑戦したいなって思いもあるのよ』

翔子がこんな悩みを抱いていたとは、幼かった頃には知る由もなかった。

どう言葉を返していいのか、わからない。

『そっか……、私は二十年後に、海外で暮らして英語を喋ってるんだ』

しみじみとした言葉が、春翔の心を締め付けた。架空の未来に、翔子が希望を見出(みいだ)している。罪悪感が心に募る。しかし、それを払拭する術(すべ)は、たった一つしかない。

翔子を救う。それを、改めて心に誓った。

『ねえ……。春翔は私たちと一緒に、シンガポールには行かなかったの？』

この質問は、想定済みだった。

「俺は、……ほら、こっちで医者をやっているから」

『あっ、そっか……。もう立派に社会人をやっているんだ。なんだか、まだ春翔が年上なんだっていうのに慣れないわ』

「もう、医者になって三年も経つよ」

『春翔は、なんのお医者さんになったの？』

「産婦人科、近くの産成会病院に勤務してる」

翔子が、大きく息を吸い込む音が聞こえた。

『産婦人科！　それに、あんな立派な病院で働いてるの？』

大きな声は、興味津々といった様相だ。

それから、翔子から数えきれないほどの質問が飛んできた。

『なんで産婦人科の先生になろうと思ったの？』『産婦人科の先生って、診察のとき、何を考えてるのかしら？』『出産本ってどうなの？』『胎動って、人によって違うの？』

はじめは、飲み会で訊かれそうな質問ばかりだったが、徐々に内容が変わってくる。

『忙しくない？』『ちゃんと眠れてるの？』『訴訟が多いって聞くけど、大丈夫？』

『ちゃんと栄養があるものを食べないとだめよ』『辛かったら、いつでも言ってね』

気づけば翔子の言葉は、春翔の体調を気遣う言葉ばかりになっていた。もしも翔子が生きていたら、直接こんな言葉をかけられたのだろうかと思うと、胸が熱くなる。ずっと話していたい。そう思ったとき、耳障りな交雑音が、微かに響いた。

翔子は、それに気づいていないようだ。

『そういえば春翔。私、産婦人科の先生に相談したかったことがあるんだけど』

「え？……なに？」

『秋穂の妊娠についてなんだけど』

不安げな声に、心がざわつく。しかし、電波が安定しない。

『なん……、出血することが多……のよ』

「……えっ？」

徐々に、交雑音が占める割合が多くなる。

『通ってる……の、先生……大丈夫だって……』

「母さん？」

『春翔っ？……聞こえる？……あの……』

交雑音がやかましいほどに耳に響き、やがてプツリと切れた。

雨は、まだ降っている。

時計を見ると、午後八時三十五分。通話時間は、およそ十五分間だった。

もう一つのルールが判明した。どうやら、翔子との電話には時間制限があるようだ。

五月十五日

『なん……、出血することが多……のよ』

昨日の翔子の言葉が、頭から離れない。確かに母子手帳には、不正出血で夜間外来を訪れたという記載が多かった。メモ欄には、『少し不安』とも書かれている。

「おい、草壁。聞いてっか？」

東堂の声に、食堂のガヤガヤとした喧騒が戻った。今しがた、午前中の帝王切開を終えて、二人で昼食をとっているところだったのだ。

「すっ、すみません。ちょっと考え事をしていて」

「さっさと飯を食うのも、いい産婦人科医の条件だ。考え事をしていても、飯は胃袋に入れ続けろ」

そう言いながら、目の前のカレーライスを頬張って、ほぼ咀嚼もせずに飲み込んだ。

「それにしても、今日のカイザーも心ここに在らずって感じだったな。これじゃあ、まだ他の医者と組ませるわけにはいかねえな」

帝王切開は相変わらずだ。それどころか、電話のことでさらに心が乱れている。

「すみません」

「別にいい。この世界、後輩を育てるのも大事な仕事だ。お前さんが壁を乗り越えられるまで、とことん付き合ってやるから気にすんな」

さらにカレーライスを飲み込んだ東堂が、神妙な顔を見せた。

「だがな、産婦人科をやってこうってんなら、さっさとどうにかしたほうが楽だぞ」

「それは……、わかっているのですが……」

少なくとも、しばらくは気が気でない状況が続くだろう。翔子を助けられる奇跡のチャンスが、目の前にぶら下がっているのだ。

あれから、過去を変える方法をずっと模索していた。翔子に死を悟らせないまま、過去を変えて命を救う。しかしこれが、中々難しい。

自ら過去に戻ることができないからだ。

となるとやはり、過去に協力者が必要になってくる。

翔子と関わりのあった人物を思い浮かべてみる。仕事に追われていた博史。翔子のる。

死に立ち会った東堂。出産予定だった武田医院の院長はすでに亡くなり、閉院してい

それと、もう一人……。

「熊野には会ったのか？」

思い浮かべた人物の名を東堂が唐突に口にして、むせてしまった。

「はい……、先週に、ちょっとだけ」

「どうだった？」

漠然としすぎる質問だ。

「どうだったとは……、何についてですか？」

「なんでもいい」

喋りながらもスプーンが動く。東堂の皿はあっという間に空になった。

春翔は、器に残る蕎麦を見つめた。汁(つゆ)に広がった波紋は、やがて鎮まり、鏡面のように春翔の顔を映し出す。

「能面みたいに表情が変わらなくて、何を考えているかわからない人でした」

まるで、この液面のようだった。果たして自分が、本当に熊野冴子という人物と喋ったのかすら疑わしく思えるほど、冴子という人間が見えてこない。

「そうか」

そう言ったきり、東堂が沈黙した。

そう、鍵になるのは熊野冴子だ。翔子の死に最も近かったのは、冴子に他ならない。

だから、協力を得るとしたら、彼女が一番適任だ。

しかし、疑念を禁じ得ない。あの医者は、翔子の命を預けるに足る人物なのだろうか？

時間は限られている。もしも人選を間違えたら、後戻りはできないのだ。

過去の冴子の仕事ぶりを知っている人物は、今、まさに目の前にいる。

「部長は、熊野先生と一緒に働いていらっしゃったんですよね？」

「そうだ。あいつが三十くらいのときだったな。お前と同じように、ここで働いていた」

「その……、どんな医者だったんですか？」

東堂が、ニヤリと笑った。

「少なくとも、今のお前よりは余程仕事が出来たぞ。医者の三十ってのは、ちょうど脂が乗ってなんでも出来るようになる時期だしな。まあ、大体の仕事は任せられたな」

ちくりと言われて、春翔は口をつぐんだ。

「なんでそんなことを訊く？」

「いや……」

問題は冴子の性格なのだ。

恐ろしく淡々とした謝罪の台詞が脳裏に蘇る。冴子は、本当に後悔しているのだろうか？

しかし、それを東堂に訊くのは憚られた。東堂は、仲間を大事にするリーダーだ。

その証拠に、今でも冴子のことを気にかけている。

「なんだよ。言いてえことがあるなら、はっきりと言えよ。俺たちゃチームなんだから、普段から腹を割って話さねえと、いざってときに連携できねえぞ」

東堂にせっつかれ、春翔はおずおずと口を開いた。

「その……、母の帝王切開を決めたのは、熊野先生だったんですよね？」

春翔の意図を察したのか、東堂が神妙な顔を見せた。

「そうだ。あいつが当直だったからな……。あいつが決めた」

「その判断は正しかったと思いますか？」

東堂が、ゆっくりと春翔に視線を向けた。

「最悪の結果になっちまったんだから、正しくなかったんだろう」

あまりにはっきりと言われて呆気に取られていると、東堂が続けた。

「しかしな、熊野の判断も含めて上司である俺の責任だ。たとえ熊野が、自分の技量以上の判断をしちまったとしても、それは変わらねえ。だから、お前も熊野も、必要以上に自分を責めるもんじゃねえよ」

この人も、冴子と同じようなことを言う。しかし、実際にこの病院で長年周産期医療を支えている東堂の言葉は、冴子のそれよりははるかに重い気がした。

「熊野先生は、本当にご自身を責めているんでしょうか？　淡々としていて、過去のことは吹っ切れているように思えたんですけど」

東堂が、大きくため息をついた。

「あいつもしょうがねえなあ」

「……どういう意味ですか？」

「人間ってのは面倒臭えってことだよ。まあ、熊野の心が知りたけりゃ、本人に訊くしかねえだろう。もういっぺん会ってみたらどうだ？」

冴子の顔を思い出す。あの機械のような冷徹さが苦手だ。

黙り込んだ春翔を見かねたのか、東堂がため息をついた。

「なあ、草壁」

「はっ、はい」

東堂がメガネを外し、レンズを拭く。色付きのレンズに隠れていた東堂の目元には深い皺が刻まれ、歳相応にしょぼくれている。あれほど感じていた圧はすっかり影を潜めていた。

「熊野の診療所を見ただろう？」

皺だらけの目が向けられた。

「どうだった？」

「どうだった……とは？」

「なんでもいい」

「古くて……、時が止まっているような場所でした。あの規模では、お産を取ってないですよね？」

東堂が小さく舌打ちした。

「なんだあいつ。それも言ってなかったのかよ」

東堂が、深いため息をつく。

「お産どころか、あの診療所は産婦人科でもねえ。あそこは、親父さんがやってた内科だ。あの件で熊野は、産婦人科をやめちまったんだよ」

年老いた瞳を隠すように、東堂は色付きメガネを掛け直した。

「なあ草壁、俺の顔を立てると思って、もう一度熊野に会ってくれねえか？」

メガネの奥に隠された東堂の瞳を思うと、首を横に振ることはできなかった。

「部長は、熊野先生を信用していらっしゃったんですね」

「じゃなきゃ産科でチームなんて組めねえよ」

春翔は、再び蕎麦の器に視線を落とした。鏡のような液面に箸を沈めると、小さな波紋が広がった。

もっとぶつかれば、冴子の本心が知れるかもしれない。そんなことを思った。

もう一度会って彼女の心を確かめよう。信用するに足る人物ならば協力して貰えばよい。

そこで、はたと思う。一体、どうやって協力を得ればよいだろうか？

自分は、過去を変える力を持っている。そんな荒唐無稽な主張を信じる人間などいない。冴子を信じさせる手立てが必要だ。

理屈は単純だ。冴子の目の前で過去を変えればよい。しかし、その方法が難しい。

冴子に対して、翔子に何か言付ければよいだろうか？

しかし翔子には、電話のことを他人に話すなと言ったばかりだ。早々にルールを破らせるわけにもいかない。何か自然な理由が必要だ。

そのとき、翔子の声が脳裏に蘇った。

『なん……、出血することが多……のよ』

ハッとする。出血したら、産成会病院を受診するように言えばいい。冴子が当直していれば、胎盤剝離以前に二人が出会うことになる。

どの道、翔子が倒れるより以前に、二人を引き合わせておかなければ、過去は改変しにくいのだ。ならば、かえって好都合かもしれない。

一石二鳥の良手だ。箸を持つ手が震えた。

どんな情報が必要だ？　冴子に会うまでに、何をすればいい？　翔子との電話は、いつ繫がる？　様々な疑問が、頭を巡る。

「おい草壁、麺が伸びちまってるぞ」

「すっ、すみません」

春翔は慌てて箸を動かした。

あとで、翔子の母子手帳を読み直してみよう。それと、病院の当直日誌で冴子が当直した日を確認する。

あとは雨の日だ。電話さえ繋がれば、どうとでも説明できる。

難解な詰将棋に、光明が見えた気がした。

五月二十二日

およそ二週間ぶりに訪れた熊野診療所の古い引き戸の前で、春翔は深く息を吐いた。

午後八時、すでに日は落ちて、静けさが辺りを支配している。

翔子はもう、不正出血を起こしたはずだ。そろそろ、産成会病院を受診するだろう。

二人が会う瞬間を逃さないように、冴子と時を共にする。失敗は許されない。

春翔は、ゆっくりと呼び鈴を押した。

やがて、引き戸が音もなく開かれた。

「わるいね。もう診療時間は終わってるんだ」

抑揚のない声は、二週間前と全く同じものだった。

「君か……。どうした？」

「ちょっと、確認したいことがありまして……」

冴子の黒い瞳が、深みを増した気がした。

「入りなさい」

クルリと反転した小さな背中を追って、春翔は熊野診療所に足を踏み入れた。

壁にかけられた木製の振り子時計が、カチカチと一定のリズムで音を立てている。

「コーヒーでも飲むか？」

「いえ、結構です。……話だけで」

「そうか」

冴子が、丸椅子に座るように促す。

「用件はなんだ？」

「母のことで、訊きたいことがありまして」

冴子の表情は、相変わらず変化に乏しい。

「熊野先生が初めて母に会ったのは、七月九日で間違いありませんよね」

「事情聴取のようだな」

「単なる事実確認です。教えて頂けますか？」

一瞬の間を置いて、冴子が答えた。

「間違いない。二〇〇一年、七月九日、武田医院からの母体搬送が、翔子さんとの最初で最後の出会いだ」

冴子が喋り終えるのを確認すると、春翔はポケットからスマホを取り出した。起動していたアプリのボタンを押すと、冴子の声が再生される。

『……が、翔子さんとの最初で最後の出会いだ』

「なんのつもりだ？」

訝しんだ、のかどうかはわからない。冴子が静かに訊いてきた。

「念のためです。熊野先生の言葉を、残しておきたかったんです」

過去が変わったときに、冴子の記憶がどうなるのかは、まだわからないのだ。

翔子のカルテを診療机に広げる。

「熊野先生のおっしゃる通り、搬送の以前に母が産成会病院にかかった形跡はありません。カルテにもそう記録されています」

カルテの輸血記録が手術台に寝かされた翔子の記憶を呼び起こし、吐き気を覚える。それに耐えながら、春翔はノートを取り出した。

「ここに、今喋った内容を書いてくださいませんか？」

「これも……念のためか？」

頷いた春翔を見て、冴子がため息をついた。

「あまり回りくどいことは好きではないんだ。私が納得できるように、きちんと説明してくれないか？」

振り子時計に視線をやると、八時十五分を指している。翔子が受診するまで、まだ時間がかかる。冴子に電話のことを話して、追い返されてしまっては元も子もない。

「遺族たっての願いです……、と言ったら書いていただけますか？」

「その話を持ち出されたら、私は従わざるを得ない……」

冷たい目を向けた冴子が、音もなくボールペンを手に取った。

「書いたら、納得いく理由を話してくれるのだろうな？」

「……もちろんです」

春翔を一瞥すると、冴子はノートに、自身の言葉を書き込んだ。最後に添えられた『熊野』というサインは、二十年前のカルテに記されたものとまごうかたなく同じものだ。

「書いたぞ。君の真意はなんだ？」

「その前に、訊きたいことがあります」

翔子の受診までの間に、冴子の本心を知りたい。

冴子の瞳は、暗闇を抱え込んでいるように、深くて黒い。覗き込んでいると、闇に吸い込まれそうになる。

「先生は、母のことを後悔されていますか？」

問いかけながら、爆発しそうに膨らんだのは自身の後悔だった。助けを求める声、動けなかった幼い自分。

冴子の真っ暗な瞳が、自身を責める翔子の視線に重なった。

「責任は私にあると言ったはずだ」

心を見透かされたような言葉に、硬直する。

「俺は、あなたが後悔しているのか、と訊いたのです」

「日が経って、私に対する恨みでも生まれたのか？」

「質問に答えて頂けますか？」

冴子は、眉一つ動かさない。

「恨みたいのであれば、私を恨むがいい。君にはその権利がある。私を恨むことで、君の生きる活力になるのであれば、私はいくらでも協力しよう」

変わらず、抑揚の感じられない声だった。冴子は、自身の感情を決して表に出そうとしないのだ。

本当にこんな人間をパートナーにして大丈夫だろうかと、改めて不安がよぎる。せめて、あの日を悔いる気持ちくらい感じられなければ、共闘などできようはずもない。

後悔している。その言葉を聞きたいのだ。たった一言でもいい。

「俺は、あなたの本当の気持ちを知りたいんですよ」

冴子は、死人のような表情を崩さない。それが春翔の苛立ちを増長させた。

「二十年前の当直日誌を見ました」

冴子の黒い瞳が、春翔に向いた。

「驚きました。二〇〇一年、月の半分が先生の当直でした。それに、非番の日も緊急の症例があれば、度々病院に駆けつけていましたよね。全部、記録として残っていたんです」

翔子が出血する二十年前の今日だって、冴子は当たり前のように当直をしていた。

「先生は、産科医療に全てを捧げていたんですよね。貴方はこの仕事が好きだったんだ」

冴子は何も答えない。澱んだ瞳だけが向けられた。

「そんな貴方の当直が、七月九日を最後に、パタリと消えてるんですよ」

結局、その後冴子の名前が刻まれることは一度もなかった。

「母の件で、貴方は好きだった産婦人科の道を諦めたんですよね。それほど、あの日のことが辛かったんですよね？」

辛かったと言ってくれ。そう願いつつ、言葉を投げかける。

しかし、冴子の瞳からはさらに生気が失われていった。

「私が辞めたのは、一身上の都合だ」

一層感情の排された声は、心の扉の鍵を、さらに強固にかけたように感じさせた。

冴子を動かす言葉はないだろうか？

そのとき、脳裏にいかつい顔が浮かんだ。色付きメガネの強面、それでいて部下想いの上司。

「東堂部長が、あなたのことを気にしていましたよ……」

冴子の細い眉が、微かに動いた。

ようやく見せた反応に、確信を抱く。冴子は、東堂に負い目を感じているのだ。

実際、冴子の当直の穴を埋めていたのは、東堂だった。

「東堂部長が言っていました。熊野先生の判断の責任は、自分にある。熊野先生が気に病む必要はないって」

冴子の頬が、小さく震えだす。

「貴方は、とても優秀な産科医だとも言っていました。東堂部長は俺に、貴方のために会いに行ってくれって何度も言ったんですよ。多分部長は今でも……」

「やめろっ」

冴子が、初めて怒気のこもった声を上げた。その瞳には、わずかな波が立っている。

「貴方は、本当は後悔しているはずだ。母にも、東堂部長にも、申し訳ないと思っているんですよね？」

瞳に映る波紋が大きくなった。動揺が窺える。

しばらくしてから返ってきたのは、あまりに弱々しい声だった。

「私には、後悔する資格すらない」

「資格……、とは？」

冴子が、潤んだ瞳を春翔に向けた。

「私の判断ミスだった。すでに胎盤剝離から時間が経っていて、胎児の救命は相当困難だと思った。しかし、翔子さんの訴えを、私は撥ね除けることができなかった」

「母は、なんと？」

「自分の命がどうなってもいいから、お腹の子を助けてほしい。そう訴えた」

気づけば、冴子の声は震えていた。

その言葉の持つ重みは、春翔も共感するところだった。それは、難産のときに妊婦からしばしば発せられる言葉なのだ。まだ若い春翔ですら経験がある。

はじめてそれを聞いたのは、やはり早剝の症例だった。

分娩終盤に胎盤が剝離し、胎児心拍が低下して戻らない。緊急帝王切開が必要だと、佐久間が説明したとき、妊婦が突然、佐久間の白衣の袖を摑んだ。

『お腹の子供だけは、絶対に助けてください!』

部屋中に響き渡るかのような、大きな叫びに圧倒された。

分娩進行の子宮収縮の痛みは相当である上に、胎盤が剝がれ、さらに何倍もの痛みが訪れていたはずだ。それなのにその妊婦は、脂汗を流しながら佐久間の袖を放さなかった。『子供を助けます』の言葉だけが、その手を離す唯一の呪文だったのだ。

結局その症例は母子共に救命できたが、見習いだった春翔でさえ相当の重圧を感じた。

直に訴えかけられた佐久間の重圧は、それ以上だったと思う。

「母体救命を最優先すればよかった。どんなに腹の子を助けてほしいと頼まれても、私が断ればよかった。そうすれば、翔子さんの命だけは助けられたはずだ。私の感情が邪魔をした」

冴子の混沌たる瞳は、焦点を失っていた。

「なんでこの前、それを言わなかったんですか？　それどころか、むしろ母が亡くなったときに言ってくれれば」

 つい、問い詰めるような口調になる。

冴子の虚ろな瞳が、小さく揺れた。

「あの日の君に、そんなことを言えるはずなかった」

「え？」

「幼かった君の、辛そうな顔が忘れられない。現実を理解できず、闇に迷い込んだような弱々しい瞳……。そんな君に、私が判断を間違わなければお母さんは助かったなんて言えば、どうなった？」

想像してみる。

もしかしたら、冴子を心の底から憎んだかもしれない。恨みの心だけで、人生を無駄にしたかもしれない。少なくとも、産科医になろうとは思わなかっただろう。

「だから、私には後悔する資格もない。責任をとって辞めるより他なかった」

冴子の表情が歪む。それを見て、あの日、頭を下げた冴子の表情を鮮明に思い出した。

眉間には深い皺が寄っていて、ちぎれそうなほど強く唇を噛み締めていたのだ。

冴子は、後悔していた。だからこそ、あの日から自らの感情を殺したのだ。

「もう、大人になった君には言ってもいいだろう。責任は私にある。だから、君が後悔する必要は微塵もない。前を向け……。これで仕舞いだ」

黒い瞳から、再び感情が消え去りそうになる。

振り子時計に目をやると、八時半を過ぎたところだった。

そろそろ翔子が受診する頃だろう。

「待ってください！」

冴子が静かに顔を上げた。

「あの日に戻れたら、と思ったことはありますか？　あの日に戻れたら、母を助けてくれますか？」

冴子の瞳の闇が深まる。

「意味のない問いだ。産婦人科に、『たら、れば』という言葉はない。だからこそ、結果を受け止めて、前を向くしかないんだ」

「変えられるんですよっ！」

「は？」

「俺は今、過去を変えられる力を持っているんです」

冴子の瞳に、明らかな動揺が浮かんだ。

「……正気か？」

母子手帳を取り出して、冴子に見せる。

「ここ、なんて書いてありますか？」

訝しげな表情で、冴子が母子手帳を覗き込んだ。

「五月二十二日、夜、八時ごろに出血があって武田医院を受診。なんでもなかったようで一安心……。最近出血が多くて、ちょっと心配……」

翔子のメモ書きを読み上げた冴子が、視線を上げた。

「これが、どうかしたのか？」

冴子の言葉が書き込まれたノートの横に、母子手帳を並べる。

「これから、過去が変わるんです。先生は、二十年前の五月二十二日、母と出会います」

「……意味がわからない」

「無理もありません。事情は後で説明します。とにかく、母に伝えてあるんです。今日出血したら、産成会病院の熊野という医師の診察を受けるように、と」

冴子が不審な顔をする。

「本気で言っているのか？」

「本気です」

間髪を容れずに答えた春翔を見て、冴子は大きなため息をついた。

「医者として、その思想は危険だぞ。医学は万能ではない。失敗しても過去を変えられるなどという勘違いをしたままでいたら、いつか患者を傷つけるぞ」

その声からは、静かな怒りを感じた。

カルテは、未だ変化する様子もない。そろそろ過去が変わってくれないと、冴子の不審がますます強くなってしまう。

「仕方がないな」

小さくため息をついた冴子が、診療机の電話を手に取った。

嫌な予感がする。

「……なにをするつもりですか？」

「東堂さんに連絡する」

「なっ、なんでっ？」

「過去をどうにかできるなんて思想を持った人間がチームにいたら、危険だ。だから、君を外してもらうように進言する」

想定外の言葉に驚愕する。

「かっ、勝手なことをしないでください！」

「君のためでもある。それに、君という人間が形成された責任は、私にある。東堂さんならば、聞き入れてくれるだろう」

「まっ、待って！」

冴子の受話器を奪い取ろうと立ち上がった瞬間、突然視界が歪んだ。

なんだと思ったのも束の間、脳を揺さぶられたような不快な感覚に見舞われる。グワングワンと視界が回り、思わず腰を落としそうになるのをなんとか堪えた。

「どうした？」

冴子の声が、脳に激しく反響した。

吐き気を堪えていると、記憶が脳に割り込んできた。

翔子との最期の対面をした場面。

頭を下げる冴子。血の匂いがする手術室。

これまで、何度もフラッシュバックした記憶が広がる。しかし、違和感を覚える。

幼かった自分の思考が、これまでと違うのだ。

小さな自分が、心の中で思っている。

──謝っている人は、前に見たことがある人だ。

流れ込む記憶をさらに遡る。いつだ？　どこでこの女性を見た？

脳裏を探ると、記憶が見つかった。古くて新しい記憶……。

翔子が命を落とす一ヶ月半前。翔子に連れられて行った古い病院。必要最低限の明かりしかついておらず、薄暗い廊下。タイヤ跡がつけられた、塩ビ製の床。

記憶を手繰り寄せた瞬間、再び元の記憶が割り込んできた。母体搬送時に、初めて病院を訪れ、恐怖を感じた記憶。大きな部屋に吸い込まれる翔子、初めて出会った冴子。

気持ちの悪い感覚に戸惑う。

これまで知り得なかった記憶が、脳に無理矢理ねじ込まれているようだ。そうかと思えば、今までの記憶が元の位置に収まろうとする。

なんとも奇妙な感覚だが、春翔は確信を抱いた。

過去が変わっている。

春翔は、揺れる頭を押さえながら冴子の受話器を奪い取った。ぼやけた視界の中、診療机のカルテに顔を寄せる。

やっぱりだ。診療録に変化が起きていた。

輸血欄で埋め尽くされた記載が、一斉に下段に移動する。スペースが空いた上段部分に、さらさらと文字が書き加えられる。

「草壁先生……。大丈夫か？」

心配そうに肩を摑んだ冴子に、カルテを見せつける。

「……これは」

カルテ越しに見える冴子の瞳には、明らかな驚愕が浮かんだ。異形を見るような目で、見開きのページを凝視する。

「何が起こっているんだ？」

「過去が……変わっているんです。カルテ……、なんて書いてありますか？」

冴子の視線は、カルテに釘付けになっている。

「なんて書いてありますか？　読み上げてください」

「五月二十二日、二十一時三分。出血にて来院。胎児心拍異常なし。子宮頸管長異常なし。持続出血軽度。問題ないことを説明し、自宅安静を指示」

まだ、頭が揺れる。その不快感に耐えながら、春翔は再び問いかけた。

「もう一度伺います……。二〇〇一年、七月九日。母と会ったのは、何回目でしたか？」

冴子は、口を押さえながら、沈黙している。

「熊野先生……」

促した春翔の声に、ようやく冴子は答えを口にした。

「二回目だ。間違いない」

やったと、心の中で歓喜の声を上げる。冴子の目の前で過去を変えてみせた。

「俺の話を聞いて頂けますか？」

冴子の瞳には、すっかり動揺が色づいている。

「聞かざるを得ないだろう。コーヒーでも淹れてこよう」

振り子時計が、夜の十時を告げた。

春翔が説明を終える頃には、コーヒーはすっかり冷めていた。

「にわかには信じ難い話だな……」

「でも、事実、過去は変わったんですよ」

春翔は、録音した冴子の言葉を再生した。母体搬送まで翔子と会っていなかったと、冴子自身が、はっきりと証言している。

「確かに、君の資料からはそうなるな」

冴子の脳からは、変わる前の記憶が綺麗に消えているようだった。対照的に、春翔の記憶は、まだ新旧のものが混在している。

おそらく、過去を変えている当事者だからなのだろうと、冴子が推測した。

「とにかく、あれこれ言っている時間はないんですよ。七月九日までに母を救わなきゃならないんですから」

「そうだな……。今日が五月二十二日、一ヶ月半くらいしかないのか」

冴子が、母子手帳に視線を落とす。現在、翔子は妊娠二十一週一日、いわゆる六ヶ月に入ったところだ。

「妊婦健診の残りは多くて三回といったところか。正直、あまり猶予がないな。今から翔子さんを転院させるように指示できないのか？　私が患者を断ることなどないぞ」

春翔は首を振った。その方法はすでに考えたのだ。

「母にどう説明すればいいのかが問題なんですよ。下手したら、母が自分の死を知ってしまうかもしれない。そうなってしまっては最悪なんですよ」

一ヶ月半後に突然命を落とすなんて言ったら翔子はきっと、平静は保てないだろうし、なにをしでかすかもわからない。そうなると、過去を制御できなくなる。

「なるほど、翔子さんに死を悟られないようにしなければならないのか」

冴子が眉をひそめた。

「難儀だな。しかも、そもそも私が翔子さんの経過を診ていたとしても、胎盤剝離を予測するのは不可能だという問題もある」

冴子が、カルテを目の前に広げた。

「初期検査のデータには異常がないし、出血のエピソードは数回あるが、それくらいは、妊娠経過でも一般に見られる範囲だ。実際に私が翔子さんの診察をしたときだって……」

そこまで言って、冴子が黙り込んだ。

「どうしたんですか？」

「気持ちの悪い感覚だ……。私が二十一週で翔子さんを診察した事実というのは、元々なかったものなんだろう？」

「そうですよ。だって、さっき過去が変わったんですもん」

冴子が再び眉をひそめる。

「自分が当たり前に認識している過去が、つい先ほど新たに作られたものだと言われて、君は納得できるのか？」

「納得できなくても、するしかないでしょう……。事実なんだから」

「君だけが新旧の記憶を有しているというのも、如何(いかん)ともしがたい気持ち悪さがある。突き詰めていくと、私自身が何者なのかという根本的な疑問すら湧いてくる」

「なんですか？　それ」

「人の心や命の定義など、誰一人として理解できていないということだ。君は確かに生きているかもしれないが、君の目の前にいる私は、君の想像の中の存在でしかないのかもしれない」

　ますますわけがわからない。呆気に取られていると、冴子が頭を掻きむしり出した。

「くそ、考え出すとキリがない。とにかく、翔子さんの経過や採血データを見ても、これだけで早剝を予期するのは不可能だ。早剝には、確かにリスク因子もあるが、ほとんどは突発的に起こる。だから……」

「胎盤が剝がれた日に勝負をかけるしかないってことですよね？　なるべく早く搬送して、DICになる前にカイザーをする」

「その通りだ。早剝は、可及的速やかに医療機関で対応するしかない。翔子さんと私は、過去ですでに会っているんだ。緊急時にはウチの病院に直接連絡するように誘導しておけ。それくらいなら深刻な話にもならんだろう」

相変わらず表情は乏しいが、毅然として指示を出す冴子には、信頼を感じた。

「それと、もう一つの疑問は、君だ」

冴子が春翔を指さした。

「……なんでしょうか？」

「付き添い家族だよ。あの日は、なぜ君しかいなかった？　父親は何をしていたんだ？」

たった一人で立ち尽くしたまま、何もできなかった記憶が蘇る。

「どこかに出張していたと思います。でも、母が亡くなってからは、あまり父と話をしていなくて」

「上手くいっていないのか？」

「というか、お互い母のことには触れないでいるんです。でも、二人の共通の話題は母のことくらいしかないので、そもそも会話にすらならないんですよ」

この二十年、博史との会話は、数えるほどしかなかったように思う。

「これも私のせいか。……すまなかったな」

「いや、父は弱かったんですよ。だから逃げたんです」

博史は、何かに取り憑かれたように仕事に没頭していた。後悔から逃げるためだということは、幼いながらに理解した。

「大丈夫か？　顔色が悪いぞ」

「ちょっと色々思い出してしまって」

幼い頃に浮かんだ疑問が、頭に膨れ上がった。

――パパはなんでいなかったのだろう。

今、改めて考えてもそう思う。妊娠中など何が起こるかわからないし、実際に取り返しのつかないことが起こった。妊婦が家にいるのに、出張ばかりしているなんて、危機感がなさすぎる。産婦人科医になると、殊更(ことさら)それを実感する。

それに、翔子は一人きりの生活が寂しいと言っていた。自分だって社会に出て、色々な経験をしたいとも愚痴をこぼしていた。その気持ちを、博史は知っていただろうか？

翔子を家に閉じ込め、かといって肝心なときには側(そば)にいることすらしなかった。それなのに、自身の罪から逃げる博史は卑怯(ひきょう)だ。段々と怒りが込み上げてくる。

「一度、父親と腹を割って話してみたらどうだ？」

「父と……ですか？」

記憶に残っている博史との会話といえば、医学部に進学するときの相談くらいだ。

大部分を奨学金で賄うから、少しだけ金を出してほしい。そう切り出したら、何も言わずに聞き入れてくれた。

　春翔が医者を目指す理由の根底には、翔子の死があると容易に知れたから、博史は何も追及せずに、金を工面したのだろう。

　博史は、春翔と腹を割って話し合うことからも逃げたのだ。

「今更父と話しても、何も出てきやしませんよ。話す意味もないです」

「意味がないはずあるか。父親の出張を止めるんだよ」

「出張を止めるって、あの頃の父は毎週のように出張していたんですよ？　やめさせるなんて、無理ですよ」

「七月九日だけでいい。その出張をやめさせれば、全てが変わるぞ。翔子さんが倒れても、すぐに父親が救急要請してくれるだろう。そうなれば、翔子さんは助かるし、君が咎を背負う必要もなくなる」

　冴子の言葉が、耳をくすぐった。翔子を救うだけではなく、自身の後悔すら消せるかもしれない。そんなことまで考えていなかった。

　魅力的な言葉だが、同時に疑念も湧いた。

「咎がなくなったら、俺はどうなるんですか？　俺が医者になった理由は、母のことがあったからなんですよ……。もしもそれが消えたら」

「わからない。しかし、君の目的は翔子さんを助けることじゃないのか?」

「それは……そうですが」

怖い気持ちもある。翔子が死なない未来、それは、現在の春翔の礎がイチから構築し直されることに等しい。

自分は、果たして自分でいられるだろうか? 先程冴子が言った、『気持ちの悪い感覚』を、ようやく理解した。

「過去を変えるというのは、それだけのことだということだ」

その言葉は、春翔の覚悟を問うているように思えた。

「どんな薬にも副作用がある。過去を変えるとは、世の理を無視する行為だ。正直、私はその是非については懐疑的だ」

「やめたほうがいいと思っているんですか?」

「そんなことを言う権利は、私にはない。しかし私は、君に協力するとだけは約束する。あとは……」

「俺が腹を括れということですね」

翔子を救うための覚悟を持て。たとえどんな反動があっても、目的を見失うな。冴子の瞳が、そう訴えかけてきた。

「わかりました。父と話してみます。協力してくれるって言葉、絶対に守ってくださいね。……熊野先生」

春翔は右手を差し出した。

「冴子でいい。協力を約束しよう、春翔。あとは、君次第だ」

握り返してきた真っ白な手は、驚くほど冷たかった。

五月二十六日

電話を決心したのは、四日も経ってからだった。長いこと関係を持たなかった父に電話する壁は、それほどまでに高かった。

それでもようやく踏ん切りがついたのは、予報では明日、雨が重なるからだ。翔子との電話の前に話を聞いておかなければ、貴重なチャンスを無駄にしてしまう。

結局、博史との間を繋ぎ止めているのは、この世に存在しない翔子だけだった。果たして、何から話せばよいのだろうか。それを考えると、スマホを持つ指が動かない。翔子には話したいことが次々と湧き出てきたのに、博史にかける言葉は見つからない。彼は、ずっと生きていたにもかかわらず、だ。

結局、大分時間が経ってから、春翔はとうとう電話をかけた。

無料通話アプリの呼び出し音は、日本で使うそれと変わらず、奇妙な感覚を覚える。シンガポールは遥か遠くだ。だから電話もできない。そう思い込んで、博史に連絡することを避けていた。しかし、いざ電話をかけてみると、あまりの簡便さに困惑する。二つの国の間には、少しの距離もないようにも思える。

呼び出し音が鳴り響く。しかし博史は中々出なかった。

向こうは、夜の八時だ。歳を取った博史が、遅くまで仕事をしているとも思えない。もしかしたら、海を越えた博史もまた戸惑っているのかもしれない。

嫌な考えがよぎった。戸惑うどころか、拒絶されている可能性だってある。

父親と言っても、海を渡ったのは四十の頃だ。子育ても終えた男が、ずっと孤独とも限らない。もしかしたら、海外で新たな生き方を見つけたのかもしれない。しかし、それを確認する術もなかった。それほどまでに、春翔は博史を知らない。

嫌な考えは、ますます大きくなる。

翔子を助けたいというのは、独りよがりな考えなのかもしれない。もしも博史が、新しい人生を歩んでいたらどうする？　パートナーがいたら？　子供がいたら？

春翔のやりたいことは、その人たちにとっては迷惑極まりない行動に違いない。

『過去を変えるとは、世の理を無視する行為だ』冴子の言葉が脳裏に蘇った。

電話を切ろうか。そう思った瞬間、呼び出し音が途切れた。

『……もしもし』

突然響いた男の声。記憶よりも随分歳を重ねた声に、すぐに博史だとわからなかった。

『もしもし、……春翔か？』

名前を呼ばれ、さらに脳が熱くなる。二十年の記憶を弄るが、博史が見つからない。

「あ……、えっと。……そうです」

以前の自分は、敬語など使っていただろうか？　思考が錯乱する。

『急に電話なんてしてきて、どうしたんだい？』

穏やかではあるが、その声は硬い。博史も困惑しているように思える。実に十年ぶりの会話なので、無理もない。

沈黙を嫌うように、博史が口を開いた。

『何か困っていることでもあるの？』

いきなり本題を振るわけにもいかない。かといって、他の話題も思いつかなかった。

『お金にでも困っているのかい？』

「ちっ、違うよ」

思わず否定すると、博史が小さく笑った。

『そうだよね……。春翔はお医者さんなんだから、僕よりも余程稼いでいるもんな。野暮な質問だったね』

「そんなことないよ。研修医が終わったばかりだから、そんなに貰えてないよ。奨学金を返すので精一杯だよ」

『……そっか』

言ったきり、博史が黙り込んだ。

お互い避けていた沈黙の時間は、異様に延びた。翔子との電話は、十五分すら短く感じたのに、博史との間に生まれた沈黙は、永遠にも思えるほど長い。

しばらくしてから、電話口からため息が聞こえてきた。

『電話してきたのは、母さんのことだろう？』

「なっ……、なんで？」

思わず声が裏返った。

『だって、僕たちの間には、母さんの話題しかないじゃないか。僕は、父親らしいことは何一つしてこなかったんだから』

博史の笑い声は弱々しく、どこか自虐的だった。

しかし、博史の言う通りだ。十年も途絶された親子関係の中で、互いが家族だと認識できるのは、翔子がいたという事実によってだけだった。

「ちょっと訊きたいことがあって」

『なんだい?』

掠れた声が、口から漏れ出る。

「母さんが亡くなった日があったじゃない? 七月九日……」

『……七月九日が、どうかしたのかい?』

「あの日、父さんは何をしていたんだっけ?」

間髪を容れずに問いかける。スマホを握りしめる手が汗ばんだ。

『愛媛に出張に行ってたんだよ。話したことなかったっけ?』

「いや、聞いたことはあるんだけど。あの頃の父さんは、出張ばかりしていたから、詳しい話を知らなかったなと思って」

『たしかに、毎週どこかに行っていたね』

翔子との電話が思い出される。博史が家に帰ってこなくて寂しいと愚痴っていた、憂いを含んだ声。春翔の電話が寂しさを埋めてくれたことを、二十年後に打ち明けるんだと言ったときの、悪戯っぽい物言い。

一週間ほど前に知った翔子の本音だ。翔子は、あんなに博史を求めていた。倒れたときの絶望は、どれだけ大きかっただろうか。

「母さん、寂しいって言ってたよ」

『え？』

口が滑ってしまった。しまったとも思ったが、翔子の無念を思えば、それくらい言ってもいいだろうと、どこか投げやりな気持ちになる。

「父さんがずっと家にいないから、寂しいって言ってた」

『母さんは、春翔にそんなことまで言っていたのかい？』

「どうにかならなかったの？　あのとき、母さんは妊娠してたんだよ」

あれだけ躊躇していた会話なのに、いざ話し始めると、堰を切ったように博史を非難する言葉が湧き出てくる。

『春翔は、僕を責めてるんだね』

「せめて、七月九日は家にいてほしかった……」

いつしか、その言葉には嗚咽が混じっていた。博史に本音をぶつけるのは、初めてだったかもしれない。

少しの沈黙の後、博史が口を開いた。

『昔の話をしてもいいかな?』

「……え?」

『ちょっと長い話になると思うけど、せっかく久しぶりに電話をかけてきてくれたんだ。……いいだろう?』

春翔の返事を待たずに、博史が続けた。

『僕が、加工食品メーカーの仕事をしてるってことは知ってるよね?』

「あまり細かいことはわからないけど」

『それでいいよ。二十年前はね、世界中が大きな不況に見舞われて、どの職業も大変だったし、会社の存続に向けて大きく舵を切る必要に直面していたんだ』

その口調は穏やかで、まるで、二十年の溝を埋めようとしているように思えた。

『とにかく必死だったんだ』

一九九〇年代はバブル崩壊後の経済停滞、いわゆる失われた二十年の真っ只中だ。博史は、そんな頃に社会人となった。

当時二十三歳、先が見えない未来への不安、それに加えて家族もいた。十八歳の翔子と、腹の中に宿っていた春翔だ。大学を卒業する間近、短大に入ったばかりの翔子と付き合い、妊娠に至った。

『春翔の出産には、互いの両親からも大反対されてね……。出産にかかわる費用は、必ず返すと約束して、借金までしたんだ』

博史は、家族を支えるために必死に働いた。

『重圧に押しつぶされそうだったよ。母さんと春翔、二人を支えるために僕が潰れるわけにはいかない。そう思ってとにかく働き続けた』

春翔が産まれて二年、博史は家族の城を購入した。現在春翔が住むマンションだ。

『ローンはきつかったけどね、この先、家族がいつでも帰ってこられる場所を早く作りたかったんだ。それに、あのとき出産に反対した両親に、僕たちは大丈夫だという意思を示したいというのもあった』

給料の半分がローン返済に消えたが、それでも歯を食いしばって働いた。

『五年後に、秋穂の妊娠がわかったんだ』

博史の話が二〇〇一年に至ると、春翔に緊張が走った。

確かに、博史は家族を養うために身を粉にして働いたのだろう。しかしそれが、翔子を放っておいてよい理由にもならない。

けれども、博史の口からこぼれたのは、意外な言葉だった。

『春翔のときは、妊娠出産も翔子に任せきりだったから、僕も助けになりたいと思ったんだ』

突然の告白に、息を呑んだ。

『仕事にも慣れて、立場も上になってきたからね。出産前には何が起こっても駆けつけられるようにしようと思って、妊娠前半に仕事を詰め込んだんだよ』

そんな話は、初耳だった。

「だったら……、そう言ってあげればよかったのに」

そうすれば、翔子が寂しさを感じることもなかったはずだ。

『一人で抱え込みすぎてしまってたんだよね。でも、そういう時代だったんだ』

博史が、ため息混じりにそう言った。しかし、今更言い訳をしても、事実は変わらない。

「それでも、言ってあげたほうがよかったよ」

『そうだね。でも結局、僕は自らのミスで、母さんにそれを伝えることもできなかったんだよ』

「どういうこと？」

『後輩の持ってきた案件の処理を間違えた。その対応に追われて、結果的にさらに忙しくなってしまったんだ。母さんのために頑張ろうとして、無理して失敗した。そんなこと、言えるはずもなかったんだよ』

大きなため息が聞こえてきた。

『あの頃は、会社も大きな転換期だったんだ。先が見えなかった』

二〇〇〇年代初頭、長引く不況の中で、アメリカを中心にＩＴ技術が大きく発達した。他社に後れを取らないために、博史の会社もＩＴ分野拡大を推進せざるを得ない状況に陥った。

『ちょうどその頃は工場を海外に移している真っ最中で、大量の仕事に埋もれていたんだ。そこに、会社のＩＴ部門も強化しなきゃならない。母さんの妊娠も重なってたし、正直てんやわんやだった……』

博史の声には、明らかな後悔が混じっている。

『やっぱり、能力以上の仕事はするべきじゃないね』

懺悔するような言葉は、姿のない翔子に向かって言っているようでもあった。

『ＩＴ分野をテコ入れするための提携企業を探していたときに、後輩がある会社を見つけてきた。でもそれが、事故案件だったんだよ』

「事故……ってことは、騙されたってこと？」

『そう。実は資金繰りが厳しい会社だったんだ。僕らの会社の契約金だけ持ってかれて、あっという間に会社を畳まれてしまった。当時の僕たちはIT音痴だったからね、相当のお金を盗られちゃったんだよ。そして、会社は大きな損失を被ることになった』

不況の最中の損失は、社内でも大問題になった。

「相手の詐欺は見抜けなかったの？」

『表面上は業績が順調だと、偽装していたんだよ。本来は相手の財務状況を事前調査して提携に値するかどうかを判断するんだけど、粉飾を見抜けなかったんだ』

医療で言えば、検査の見落としがあったというところだろう。職場が忙しすぎると、そういったミスも増えがちだ。医療現場でもあり得る話だが、ミスをされた患者としてはたまったものではない。責任追及や訴訟に発展しかねない。

「もしかして、父さんはその責任を負わされたの？」

『当然だよ。会社からは相当絞られたし、首を切られそうにもなった。でも、家族もいるし、マンションのローンもある。絶対に損失を取り返すから、どうか会社に残してほしいと土下座して、なんとか許してもらったんだよ。それで、余計忙しくなった』

　そこまで言って、博史が大きなため息をついた。

『七月九日の出張も、そのせいだった』

「えっ？」

『謝罪行脚（あんぎゃ）だよ。事故案件を引いた経緯（いきさつ）を、分社や関連会社に説明しに回っていたんだ。あの日は、愛媛の分社に飛んでいた』

「……ってことは？」

『僕のミスさえなければ、本来なかったはずの出張だった。母さんが倒れたときだって、側にいてあげられたかもしれない』

　静かな告白に驚愕した。博史は二十年間、この件を腹に抱え込んでいたのだ。

『分社巡りが終われば、少しは落ち着くかという矢先に、母さんと秋穂が亡くなったと、病院から連絡があった。愕然（がくぜん）としたよ。僕は何もできなかったし、何もしてやれなかった……。母さんには、謝っても謝りきれない』

　博史の声には、いつしか涙が混じっていた。

『全部放り出してしまおうかと思った。家も、仕事も、……自分の命も。でも、春翔がいたし、僕が仕事から逃げてしまっては、母さんがなんのために生きていたのかが、わからなくなる』

「だから父さんは、その後も仕事ばかりしていたんだ……」

『そうだよ……。出世をしたいわけでもない。お金を稼ぎたいわけでもない。でもやめるわけにはいかないんだよ。自分勝手な言い分かもしれないけど、あのとき仕事をやめたら、僕の中から、母さんが本当にいなくなってしまうと思ったんだ』

博史の声には、すっかり嗚咽が混じっていた。こんな想いは、聞いたことがなかった。博史は、後悔と向き合い続けるために、仕事に没頭することを選んだのだ。

博史を責めるだけだった自分の浅はかさが嫌になる。

しかし、今はそんなことを考えているときではない。

博史の言葉が、頭を巡る。

事故案件を掴まなければ、七月九日の出張は発生しなかった。つまりこれは、過去を変えられる最大のチャンスだ。

「その事件があったのって……、いつ？」

『なんでそんなことが気になるんだい？』

「いいからっ！　思い出してっ」

切羽詰まった物言いに、博史は驚いた様子だった。

『ちょっと待って……、今思い出すけど、なにせ二十年も前のことだからなあ……』

春翔は祈るように、博史の言葉を待った。

『詐欺が発覚したのが、母さんが亡くなる半月くらい前だったはずだ……。それははっきり覚えてる……』

大事なのは、この出来事が五月二十六日以降のことだったのかどうか、だ。

「もっと前の話が知りたいんだ。その後輩は、いつ情報を持ってきたの？　思い出せない？」

『そうは言ってもなあ……』

博史の記憶は、はっきりしないようだ。

「母さんの妊娠がどれくらいの頃だったかとか、覚えてないの？」

言いながら、翔子の母子手帳を取り出す。

母子手帳を開いた瞬間、博史が大きな声を上げた。

『そうだ！　秋穂だっ！』

その声は、興奮をはらんでいる。

「どういうこと？」

『名前を決めたときだよっ！　僕は、秋穂のためにも頑張らないとなって翔子に言ったんだ。その次の日に、後輩の倉田が提携先の会社を見つけてきた。間違いない！』

母子手帳に視線を落とす。

【六月五日、大安、お腹の子の名前は秋穂に決定。秋に産まれる、優しい恵みが一杯詰まった女の子になりますように】

ページを捲った指先が震えるのを堪えられなかった。博史が事故案件を摑まされるのは、二十年前のまだ先の日付の出来事だ。それならば、翔子を助けられる。

「その話、もう少し詳しく教えてくれない？　どんな方法で騙されちゃったの？」

『循環取引ってやつだよ』

「なにそれ？」

『複数の会社で商品の架空販売を繰り返して、売り上げがあるように見せる方法だ』

博史が、その仕組みを説明した。粉飾としては、ポピュラーな手法の一つのようだ。

『ＩＴ系っていうのは、僕らと違って商品そのものが目に見えないだろう。あの当時は、どの企業もＩＴに疎かったから、同じような被害にあうケースも多かったんだ』

医療の勉学しかしていない春翔にとっては、理解しにくい話だ。しかし、この詐欺を見抜けるかどうかに、翔子の命が掛かっている。

「つまり、いくつかの会社がグルになってたってこと？」

『そうだよ。それについては、今でもよく覚えてるよ。契約を結んでいたのは三竹（みたけ）通信、裏で手を組んでいたのは、ＡＹソリューションと三京（さんきょう）ネットシステムズって会社だ。どこも、当時乱立していたベンチャー企業だよ』

博史が口にした会社名をノートに書き込んでいく。

「ねえ、父さん」

『なんだい？』

「二十年前、どうすれば詐欺に気づけたと思う？」

『あの頃の僕に、もう少し余裕と経験があったら……』

「それはなしで……」

しばらく、博史が考え込んだ。

『三竹通信と二つの会社が、個々に取引があったのは摑んでいた。でも、ＡＹソリューションと三京ネットシステムズの関係性までは調べていなかった。まさかその二社が繋がってるとは夢にも思わなかったからね』

「じゃあ、その二つの会社が繋がっているのがわかっていれば……」

『いくら実体のない商品でも、不自然なお金の流れに気づけたかもしれないね』

博史が深いため息をついた。

『……でも、あの頃の僕は忙しすぎて、そこまで考えが回らなかったと思う』

「意外な人からの指摘だったらどう？　例えば……」

春翔は、ゴクリと喉を鳴らした。

「母さん……とか」

博史が息を呑む音が聞こえた。

『それなら耳を貸したかもしれないけど、当時は忙しすぎてろくに話もできなかったから』

博史の後悔が伝わってきた。なんとかしてやりたい、そんな気持ちが大きくなる。春翔が未来からそっと背中を押してやるだけでいい。生きていれば、この二人は大丈夫だ。そんな確信を抱いた。

「ありがとう、父さん。……電話してよかった」

電話口の博史は驚きを隠せない様子だった。

『こちらこそ、久しぶりに電話ができてよかったよ』

まるで、途切れた時間を、一気に引き寄せられたような気分だ。博史の心の中には、翔子がずっと宿っていることがわかった。

「ねえ、父さん」

『……なに？』

電話をする前の不安は、すっかり消えていた。

「父さんは、ずっと一人でいるの？」

『そうだよ』

「母さんに、今でも生きていてほしかった？」

答える博史の声には、涙が混じっていた。

『もちろんだよ。二十年間、一度も忘れたことはないよ』

わかりきっていた答えだが、実際に言葉が届き、安堵する。

俺がなんとかしてみせる。その言葉を胸に仕舞い込み、春翔は電話を切った。

五月二十七日

翔子を救うための勝負が始まる。しかし、思いの外雨が少ない。

五月中に雨が重なるのは、あとたった二回。六月に入ると、六日までからっきし雨が降らない。

鼻歌の着信音と共に、翔子のＰＨＳが緑色に輝き出した。しかし春翔は、ＰＨＳを摑もうとした手を、直前で止めた。

電話を取ったら、十五分間の通話が始まる。時間内に翔子に事情を説明し、尚且つ、不正をした会社の尻尾を摑む方法を伝えなければならない。

大きく息を吐いて、PHSを取る。同時に、スマホのストップウォッチを起動させた。

「もしもし、母さん」

『もしもーし、春翔。久しぶりー』

柔らかい声には、なにやら興奮が混じっている。

早速本題に移ろうかと思ったが、先に口を開いたのは翔子だった。

『熊野先生に会いに行ったわよ』

「えっ？」

『なによその反応……。春翔が会いに行けって言ったんじゃない』

すっかり忘れていた。過去が変わって、翔子は冴子と出会っているのだ。新旧の記憶が混在していて、頭が整理できていない。

「そうだった……ね」

『春翔の言うとおりにしてあげたのに、なんでそんなにテンション低いのよ。知らない病院に行くのって、結構緊張するんだからね』

　不満げな声が返ってきた。

「ご、ごめん。で、熊野先生はどうだった？　ちょっととっつきにくくて、何を考えてるのかわかりにくい先生だけど、本当はいい先生だから……」

『なに言ってるのよ』

　興奮した声に、ＰＨＳを落としそうになった。

『すごく優しくて、愛想のいい先生だったわよ。急に押しかけてすみませんって言ったら、笑顔で大丈夫ですって言ってくれたわ』

「えっ……笑顔？」

　思わず、大きな声を上げてしまった。翔子の声が艶っぽくなる。

『熊野先生ってすごい綺麗な人よね』

　冴子の端整な顔立ちから、それは容易に想像できた。若い頃はさぞ美人だったに違いない。

『笑顔が本当に素敵なの。お日様みたいに明るくて、元気を貰えたわ。私、すっかり先生のファンになっちゃったわよ』

　お日様と冴子が結びつかない。どちらかというと、冴子は月だ。

『ちょっと、春翔……。聞いてるの？　熊野先生みたいに、ちゃんと人の話を聞かないと、いいお医者さんになれないわよ』

翔子は、すっかり冴子にぞっこんのようだ。スマホの画面に目をやると、すでに二分も経過している。

『ねえ春翔、熊野先生って結婚はしてるの？　あんなに綺麗なんだから、してるに決まってるわよね。あっ、でも産婦人科って忙しいから、付き合ってる暇なんてないのか。でも、才色兼備であんなに大変な仕事までしてるなんて、憧れちゃうな』

翔子の言葉は、止まる様子がない。

『多分、私よりちょっと年上くらいよね……。それなのに、社会に出て活躍してるなんて、羨ましいな。やっぱり私も仕事をしてみたいなあ。それにさ……』

このままだと、冴子への陶酔の言葉だけで、持ち時間を使い切ってしまう。

「ストップ！　ストップ、ストップ！」

『ひゃっ！』

ようやく翔子の言葉が止まった。

『ちょっと、びっくりさせないでよ。いきなり、そんな声を出さなくたっていいじゃない』

すでに三分経過……。多少強引でも、話を変えねばならない。

「ごめん母さん……。これから話すことを、よく聞いてほしいんだ」

『なっ、なによ。急に改まって』

「お願いがあるんだ……。母さんにしかできないことだから、よく聞いて」

『なんか怖いわよ……、春翔』

余程切羽詰まった物言いに聞こえたのだろう。翔子の声が、構えたようなものに変わった。

「そっ、そんな大変な話じゃないんだ。今から言う会社のことを、調べてほしいだけ」

緊張を取り除くように優しく伝えたつもりだが、さらに困惑した声が返ってきた。

『ちょ……ちょっと待って。調べ物？　会社？　なんのこと？』

説明が難しい。全て話していては、あっという間に制限時間がきてしまう。

「事情は後で話すから、今から言う会社をメモして」

電話口から、『ええと……、メモ！　……メモっ？』と、すっかり慌てた様子の声と、ガサゴソと周囲を弄るような音が聞こえてきた。

『い、いいわよ』

「ありがとう。じゃあ、言うね」

春翔は、ノートに目をやった。

「三竹通信、それと、AYソリューション……」

『えっ……、英和？　ソリ……、なに？』

「英語のAとY……、それにソリューションだよ」

『そりゅー……しょん』ぶつぶつと呟きながら、翔子がペンを走らせる音が聞こえる。

「あとは、三京ネットシステムズ。数字の三に、東京の京。それにネットシステムズを忘れないでね」

『書いたわよ……、三竹通信にAYソリューション、……あと、三京ネットシステムズね』

重要な単語を伝え終えたことに、ひとまず安堵する。

「その三つの会社のことを調べてほしいんだ。どんな会社で、どんな事業をやっているのか。それに会社の規模と、従業員に代表者……」

矢継ぎ早に伝えた言葉は、翔子の狼狽した声にかき消された。

『ちょっ……ちょっと待って！　そんなに一杯言われたってわからないわよ。私は、会社で働いたことなんてないんだから』

大らかな翔子だが器用とは言えず、やるべきことが重なると、あたふたしていたことを思い出す。

制限時間は半分を切っている。あまり翔子を追い詰めすぎてしまっては、元も子もない。

「わかったよ、母さん。とりあえず、その三つの会社のホームページを調べて、印刷してくれればいいよ。それだけなら大丈夫でしょ？」

『どうやって調べるの？』

「そりゃ、スマホとかで……」

『すまほ？』

しまった、と心の中で思う。二十年前には、スマホは発明されていない。

「パソコンみたいな電話だよ。PHSの大きさにパソコンの機能が詰まってるの」

『パソコンって……、テレビみたいなやつよね？』

パラパラとノートを捲る。ここには、二十年間の電化製品の変化を書き込んである。

この時代のテレビと言ったら、ブラウン管のずんぐりとしたデザインだ。

「二十年で進化してるんだよ。色々なものが小型化してるの」

翔子から、『へええ』と、間が抜けたような声が聞こえてくる。

『私も、そのスマホっていうの使ってみたいなあ。そんなすごい機械、誰が発明したの?』

「誰が発明したかは知らないけどAppleって会社のジョブズって人が作ったものがあっという間に広まって、今は日本人の半分以上がスマホを使ってるよ」

『半分も! じゃあ、PHSを使ってる人は少ないの?』

「PHSは、もうなくなっちゃったんだよ。その話はいいから……。たしか、家にパソコンがあったよね?」

幼いながらに、パソコンと格闘していた博史のことは、記憶に残っている。

『会社に必要だからって、ついこの間ノートパソコンを買ったわよ。でも、博史さんが仕事に持っていってるし、私が使えるような機械じゃないわよ』

翔子の時代のインターネット普及人口は四割程度だ。国民全員がネットを自在に使えるようになったのも、スマホの普及によるものが大きい。専業主婦であり、高卒から子育てを始めた翔子は、学校の授業くらいでしかパソコンに触れていないのかもしれない。

ＩＴ知識がない人間に、イチから指南するのは想像以上に困難だ。時間が無情に過ぎていく。

『博史さんにやり方を訊いてもいいなら、どうにかできるかもしれないけど……』

「とっ、父さんには言わないでほしいんだ」

当時心に余裕がなかった博史に、翔子がパソコンを使いたいなどと言ったら、ややこしいことになる。正直、余計な火種は作りたくない。

『でも博史さんのなんだから、言わなきゃ使えないじゃないのよ。パソコンがないと調べられないんでしょ？』

「インターネットカフェとかない？　お金を払って、パソコンを使わせてもらえるところなんだけど」

ネットの自宅普及率が低かった二〇〇〇年頃に、ネットカフェの需要が増したはずだ。

『ああっ、漫画喫茶のこと？』

「そう、それっ。利用料払えば、パソコンでなんでも調べられるから」

『でも私、そんなところに行ったことないわよ』

翔子は戸惑っている様子だ。残り時間は五分を切った。

「挑戦してみてよ。社会のことを知りたいんでしょ？　二十年後の世界は、みんなネットを使ってる。だから、今パソコンを触っていれば、絶対に得するから」

必死に訴えかける。しばらくすると、翔子のため息が聞こえてきた。

『わかったわよ。漫画喫茶に行って、会社のホームページを調べて印刷すればいいのね』

「そうっ。インターネットを始めると最初に出てくるページに、それぞれの会社名を入力すれば、すぐに見つかるはずだから」

『もう、強引なんだから……。それで、印刷した紙はどうすればいいの？』

それについては、すでに考えてある。

「裁縫室の座椅子の背もたれの中に入れてもらえる？　クッションカバーのファスナーを開けた中。そこなら、誰も気づかないはずだから」

母子手帳と同じ要領だ。こうすれば二十年の時を超えて資料を受け渡すことが可能となる。

『わかったわ。で、いつまでに調べればいいの？』

「できたら、明日中にやってほしいんだ」

『明日っ！　そんなに急なの？』

「えっ……えっと、次の雨が二日後だから、それまでにコピーを貰いたいんだよ」

それ以降は雨が重ならない。だから、この二日間が、とてつもなく重要なのだ。

「どうしてもやってほしいんだ。頼むよ」

『そんな強引なお願いの仕方じゃあ、彼女もできないわよ』

「ごっ、ごめん」

翔子のため息が聞こえてきた。

『頑張ってみるわよ。それで、これはなんのために必要なの？』

「あっ……、ええと」

ストップウォッチが、残り一分を告げた。

「次の電話で詳しいことを話すよ。でも、家族にとって必要なことなんだ」

『家族のため？』

「そう。信じてほしい……」

春翔の言葉に、翔子がしばらく黙り込んだ。

やがて、諦めたように息を吐く。

『分かったわ。明後日の電話で、ちゃんと話してよね』

「あっ、ありがとう母さん。それじゃあ、また明後日」

『じゃあね、春翔』

ブツリと電話が切れた。途端に、両肩がどしりと重くなるのを実感した。

五月二十八日

古い診療所の振り子時計が、午後九時を告げた。

「コーヒーだ……。飲みたまえ」

古い診療机の上に、マグカップが置かれた。

「浮かない表情だな」

春翔の心配をする冴子は、普段通りの無表情だった。

「疲れたんですよ。……色々と」

「翔子さんの電話のことか」

「そうです。母を助けるためとはいえ、嘘をつかなきゃならないのがストレスなんですよ」

マグカップに口をつけると、コーヒーの苦味が口一杯に広がった。複雑な心情が、その苦味を増長させる。

「その辛さは、いくらか理解できるよ」

本当か？　と思わせるほど、表情に変化はない。しかし一応、冴子なりに慰めてくれているようだ。

春翔の視線に気づいた冴子が、訝しげに口を開いた。

「なんだ……、ジロジロ見て」

「そういえば、母が、冴子さんの笑顔が素敵だって言ってました。……意外でしたが」

「失礼だな」

冴子が、春翔を真っ直ぐに見据える。

「まあ、嘘をつくのが心苦しいのはわかるが、幸せな未来のために必要だと割り切るしかないぞ。中途半端な行動が、一番危ない」

「わかってますよ。変に迷ったらせっかくのチャンスが……」

言いかけた瞬間、頭痛がした。それと同時に、脳が歪んだ。

「また過去が変わっているのか？」

めまいはそれほど酷くない。春翔は首を振った。

「これは、昼のやつだと思います。東堂部長と手術に入っているときに、過去が変わったんですよ」

おかげで、任された帝王切開術のメスを、途中で取り上げられた。とうとう術中に頭痛まで起こした春翔を、東堂は随分心配していた。早く翔子のことを解決しないと、愛想を尽かされてしまうのも時間の問題かもしれない。

今日、過去が変化した。しかし、その記憶は曖昧なものだった。

新しく塗り替えられたとはいえ、二十年も前の記憶だ。翔子が亡くなったときほどのインパクトはなく、脳裏にぼんやりとイメージが残る程度だった。

大きな空間に、所狭しと並んだモニターの画面がチカチカと光る。まるで、混雑した駅中に響き渡る足音のように、カタカタというせっかちな音が不協和音となって幼い日の春翔を取り囲んでいた。

怖くなって見上げると、やはり不安そうに眉を下げた翔子が、モニターの画面に釘付けになっている。編み物をするときには踊るように動く指が、目の前に並んだ凹凸をフラフラと彷徨（さまよ）い、時折ペチペチと情けない音を奏でていた。

翔子と一緒に初めて漫画喫茶を訪れたときの記憶だ。

「よかったじゃないか。まずは計画通り、事が進んだんだろう？」

「はい……。おかげさまで、ホームページのコピーが手に入りました」

古いクリアファイルを、丁寧に取り出した。

黄ばんだコピー用紙には、解像度の低い画像が印刷されていた。裏には、翔子が書いたピースサインがある。

「すごいな……。本当に二十年前の人間とやりとりをしているんだな」

冴子が、感嘆した様子で紙に見入っている。

「全部小さな会社だな。ＩＴ系のベンチャーか？」

「そうみたいです。どこも立ち上げから三年も経っていない」

その割に、やたらと実績が強調されたホームページが並ぶ。ネットに慣れた世代の春翔からみると、なんとも胡散臭い（うさんくさ）といった印象が拭えない。

「まあ、当時はこんな会社が大量に湧き出てきたからな。今や、誰もが知っている超有名企業たちも、元はこんな会社と大差なかったよ」

ぼやきながら、冴子が三つのホームページを並べた。

「三竹通信はホームページ作成とＩＴコンサルタントの会社。ＡＹソリューションはネットセキュリティー。三京ネットシステムズは、英会話教材のネット販売か。いわゆる情報商材ってやつだな」

「情報商材？」

ホームページには、オンライン英会話、スターターキット三千円と、デカデカと広告が貼られている。オンライン英会話といえば、翔子が興味を示していたことを思い出した。

「オンラインと言っても、今の遠隔授業とはかけ離れた代物だろう。通信販売に毛が生えた程度のものだ。すぐに潰れたんだから、質も伴っていなかったのだろう」

冴子が、三京ネットシステムズの広告に視線を落とす。

「しかし、これだけでは三社間の繋がりはわからんな。会社の関連商品やネット記事、それに社員情報……。まだまだ情報を集めないとならない」

翔子がパソコンのキーボードを叩くおぼつかない手つきを思い出す。電話でアドバイスできるのは、残りたった一回だけ。

「母に、そこまでの調査ができるでしょうか？」

口から出たのは、苦しい疑問だった。パソコンに触ったばかりの人間が、一週間やそこらで、自在に情報を検索できるようになるとも思えない。

「やってもらうしかないだろう。過去で動けるのは、翔子さんだけだ」

しかし、冴子の口ぶりからも、困難なことがうかがえた。

しばらく考え込んでいた冴子が、小さな声を上げた。

「いいことを思いついたぞ」

冴子の真っ白な指が、三京ネットシステムズのホームページの三分の一を占める広告バナーを指し示した。

「三京ネットシステムズの情報商材を、翔子さんに購入してもらおう」

「商品を購入……。そんなことして、どうなるんです？」

「この手の商売は、とりあえず安価で適当な教材を送りつけて、動画コンテンツを追加で売ったり、セミナーに誘導して稼ぐのが定石だ。だから、客になれば、相手が勝手に情報を送ってくれる」

「なるほど。そこから尻尾を摑めばいいんですね。……商品を買うだけなら、なんとかなるかもしれないです」

「すぐに必要な物を確認しよう。まずは、フリーメールアドレスを取得する必要がある。それに添付ファイルも扱えないとならないな。ＰＤＦに音声ファイル……、この時代にはもう、ＭＰ３が使われていたか」

「くっ、詳しいですね」

　冴子が、わずかに口角をあげた。

「私たちは、ＩＴの技術革新と共に生きた世代だからな。新しい技術が出るたびに、それに順応してきたんだ。昔の授業なんて、パワポもなかったからフィルムを一枚ずつスライド映写機で投影していたんだぞ。現在のスライドの語源になった技術だ」

映写機については、大学生時代に定年寸前の教授がぼやいていた記憶がある。

「確認だが、明日の電話以降、しばらく雨が降らないんだったな？」

「……はい」

冴子が、小さくため息をついた。

「やり方だけ伝えたら、あとは翔子さんに託すしかないということだな。だったら翔子さんが困らないように、入念に準備をするしかない。……私も手伝おう」

「ありがとうございます」

一分一秒も無駄にはできない。春翔達は寝る間を惜しんで、準備を行った。

五月二十九日

『まだやらなきゃいけないことがあるのっ？』

明らかに不満げな声が、耳に響いた。

「ごっ、ごめん。でも、必要なことなんだよ」

『大体ねえ、まずは労(ねぎら)ってくれてもいいでしょ。こっちは慣れないことをやったんだから』

「それは……、本当に感謝してるって」

『まったく……。そんなんじゃ、本当に彼女なんて出来ないわよ。未来の私は、育て方間違ったんじゃないかしら……。心配になっちゃうわよ、もお』

「えっと……、説明続けてもいい？」

電話口から、大きなため息が聞こえてきた。

『いいわよっ。でも、こんな強引なやり方じゃ女の子に嫌われちゃうからね。その辺、よく覚えておきなさいよ』

「わかったよ。ええと……、単刀直入に言うと、三京ネットシステムズのオンライン英会話教材を買ってほしいんだ」

『ちょっと待って！　買うってなに？』

ガサガサと音がする。昨日コピーした資料を探しているようだ。

『スターターキットって書いてあるやつ？　なによこれ。大体、パソコンから買い物するなんてやったことないわよ。商品も見ないで、どうやって買うのよ？　お金は誰に払うの？』

予想通り、いや、予想以上に翔子が混乱している。

「落ち着いて……、やり方は順番に説明するから、よく聞いて」

説明することは山ほどある。時間が惜しい。

しかし、春翔の言葉を遮ったのは、翔子だった。

『ちゃんと理由を話してくれなきゃだめよ』

ピシャリと言い放つ。記憶にないほど凛とした翔子の声に、春翔は思わず硬直した。

ふわりとした声色は、翔子のものに間違いないのだが、その中に強い芯を感じさせた。

「なっ、なんでさ?」

『買い物をするっていうのは、博史さんが汗水流して働いて稼いだお金を使うってことなのよ。いくら春翔のお願いって言っても、ちゃんとした理由がないと、大事なお金を使えるわけがないでしょ』

二人は、若い頃に両親から借金をしてまで春翔を産み育て上げた。それだけに、金の重みを身をもって知っているのだろう。翔子の言い分ももっともだ。しかし、どこまで話をしていいのか、相当微妙だ。

『話して、春翔……。ちゃんとした理由があるなら、私は反対しないから』

気づけば翔子の声は、すっかり母親のものになっていた。きちんと説明しないと、納得しそうにない。しかし、時間もない。

真実を話しながら、肝心な部分は絶対に隠し通す。それしかないと思った。

「実は、父さんのためなんだ」

『博史さんの？』

「父さんの仕事って、今すごく忙しいって、母さんも話してたでしょ？」

『言ったけど……』

「実は、少し先の未来で、父さんが仕事で失敗をしちゃうんだ」

『しっ……失敗！　なんでよ？　博史さんは一生懸命働いてるわよ』

「ちっ、違うんだよ。失敗っていうか、騙されちゃうんだ」

『だっ、騙される？』

翔子の声が、明らかに狼狽したものになった。

「ちょっと、落ち着いて」

『騙されるなんて言われて、落ち着けるわけないでしょっ』

「ちゃんと話すから聞いてよ」

なんとか翔子を宥めて、説明する。

時間が惜しい。循環取引の仕組みと、それによって博史の仕事がさらに忙しくなってしまうことを簡潔に話した。

『そんな……。博史さんは完全に被害者じゃないの……』

不安げな声に、罪悪感が募った。しかし大きな嘘は言っていないと、心に言い聞かせる。

「だっ、だから、その三つの会社の裏の繋がりを証明できればいいんだ。それを父さんに教えてあげれば、会社は損失を免れるはずなんだよ」

『私に、その調査をやれってこと？』

「……母さんにしかできないことなんだ」

『でっ、でも……、そんな難しいことまで調べられないわよ』

明らかに不安を孕んだ声だった。

「できるよ。だって昨日だって、たった一日でパソコンを使えるようになったじゃないか」

『……そうだけど』

「大事なことなんだよ。上手くいけば父さんは楽になる。家族の時間が増えて母さんも寂しくなくなるし、会社だって得をする。一石二鳥、いや、三鳥なんだよ」

真実すれすれの嘘をつく。嘘をつくたび、言葉が詰まりそうになった。

しかし、この難局を乗り越えれば、家族は必ず幸せになるのだ。そう信じて、訴える。

「頼むよ、母さん」

『そんなことを言われたって困るわよ。大体、未来なんて変えてもいいのかしら』

変えないと、母さんは死ぬんだよ。その言葉が、喉から出そうになるのを堪える。

「家族のためなんだ。誰も損はしない……」

本心からの言葉だった。

春翔の強い言葉に、翔子の諦めたようなため息が聞こえてきた。

『とりあえず、やり方だけ教えて……。時間がないんでしょ』

「……ありがとう、母さん」

『まだできるとは言ってないわよ。説明を聞いてから考えるわ』

「わかった……。難しい話が一杯あるから、何かに書き残しておいてね」

『いいわよ』

「じゃあまずは、フリーメール。無料でメールができるサービスに登録してほしいんだ」

それから春翔は、情報商材の購入や、データの管理方法について説明した。まるで学会で発表するように、順序だてて、体系的に説明する。初めて耳にするのであろう専門用語に狼狽しながらも、翔子は春翔の説明に真剣に聞き入った。

全ての説明を終える頃には、電話の残り時間は二分を切っていた。

「……これだけの知識があれば、なんとかなるはずだけど……、どう？」

『もう頭が爆発しそうよ……。でも、こないだみたく、一日でどうにかしろってことじゃないんでしょ？　それなら、なんとかやってみるわ……。自信ないけど』

翔子が唸り声をあげた。

「そうだね……。父さんの後輩が仕事を持ってくるのは、六月六日ってことは確定しているから、それまでになんとか情報を手に入れられればいいんだけど……」

『それまで……、電話はできないの？』

あまりに不安そうな声に、心がちくりと痛んだ。

「雨が……、降らないんだ」

『そっか……。一人でなんとかしないといけないのね』

翔子に託しているのは、自身の命を救うための行動なのだ。しかし、それを伝えることができないのがもどかしい。いっそ、全てを打ち明けたいとも思う。

しかし、まだ不確定要素が多すぎる。だから真実を知らせるわけにはいかない。

全てを打ち明けるのは、翔子が助かる未来を摑んでからだ。

春翔は、唇を強く嚙み締めた。制限時間が刻一刻と迫る。

『ねえ……春翔。一つだけ確認したいんだけど……、いい？』

突然の声には、これまでとは違う緊張が宿っていた。思わず、背筋が強ばった。

「なっ……なに？」

翔子が、小さく息を吸い込む音が聞こえた。

時が止まる。そのわずかな間は、翔子の戸惑いを感じさせた。

やがて耳に届いた翔子の声は、静かに、しかしはっきりと響いた。

『なにか隠してない？』

心の迷いを見透かされたかのような質問に、息を呑んだ。しかし、沈黙してしまっては、肯定の意を示すことになる。

「なっ……なにも隠してないよっ。なんで？」

必死に声を絞り出す。

『……そっか』

再び、沈黙する。

翔子の声が返ってくるまでのほんの数秒が、永遠にも思えた。

『これは家族のためなのね？』

念を押すように、翔子が訊いてきた。

緊張で喉が詰まりそうになる。それでも春翔は、言葉を絞り出した。

「……そうだよ」

『わかった。じゃあ頑張るね』

電話が制限時間を迎えて、切れた。

異常な緊張感を覚え、肩に疲労がのしかかった。心に真っ黒な泥がへばりついているかのような不快感が残る。

『なにか隠してない？』翔子の言葉が、耳から離れなかった。

六月五日

古い診察室、すっかり耳に馴染(なじ)んだ振り子時計の音が、少しだけ心を落ち着かせてくれた。

冴子が差し出したコーヒーを、やんわりと拒否する。

「飲まないのか？」

「いえ……、最近胃の調子が悪くて……。それに、頭痛も……」

「まあ、無理もないな」

ため息をついた瞬間、また軽い頭痛に見舞われた。

この一週間、頻繁に過去が変わっている。そのたびに頭痛を覚える。新旧の記憶が常に混在していて、すでにどれが本当の記憶なのかわからなくなってきた。

「しかし、私たちが想像した以上に成果を上げているじゃないか、翔子さんは」

漫画喫茶に通い詰めているのだろう。座椅子の背もたれには、連日新たな資料が差し込まれてくる。

診療机に膨大な資料が並べられる。会社の規模や、役員構成、それに会社にまつわるネット記事。重要な単語は丸で囲まれ、翌日にはそれに関連した新たな情報を収めた印刷物が増えていく。

翔子の検索能力は、わずか一週間で現代の春翔たちに引けを取らないレベルになっているように思えた。

「凄まじい努力がうかがえるな」

冴子が感心したように呟いた。

「……はい」

自分の言葉を信じて、翔子が動いてくれている。それを思うと、胸が熱くなった。

「是が非でも、翔子さんを助けないとならないな……。それで、肝心のＡＹソリューションと三京ネットシステムズの繋がりは、掴めたのか？」

春翔は、ちょうど先ほど手に入った資料を、冴子に手渡した。

「これ……、三京ネットシステムズが配信していた動画のコピーです」

動画のキャプチャーのコピーだ。当時の画質の悪さに加え、紙面も劣化している。

冴子が、目を細めて文字を読み上げた。

「『今後のグローバル社会を生き抜く英語力育成のすゝめ！　成功者に聞くスペシャル対談動画第一弾』か。なんとも胡散臭いタイトルだな」

束になった印刷物を、冴子の白い指が捲る。五枚目で、その手が止まった。

「これは……」

三京ネットシステムズ社長の対談相手、若い男性の下には、『会社経営者、藤田和義（ふじたかずよし）さん』と紹介テロップが表示されていた。そのテロップが、大きな赤丸で囲われている。

『AYソリューション社長！』翔子の丸文字は、どこか自信に満ち溢れている。

冴子が、AYソリューションの役員構成資料を並べる。

「間違いない。同一人物だ」

資料を交互に見比べた冴子の目が、大きく見開かれた。

「摑んだじゃないか、君のお母さんは……、ついに……」

「……はい」

藤田和義の顔かたちの輪郭、年齢、経歴、全てが動画のものと一致している。二社の繋がりを示す、まごうかたなき証拠だった。

「ここまでやるとはな……。私たちが考えているより、余程凄い人かもしれないな、翔子さんは」

冴子の声は、心なしか震えていた。

「しかし、当然と言えば当然だ。翔子さんは、二十五歳の若さにもかかわらず、自分の命を差し置いてまで、子供を助けてほしいと私に訴えてきたのだから」

冴子の確信めいた表情を見て、春翔の目頭が熱くなった。

社会に出たがっていた翔子は、未知の仕事に想像以上の対応をして見せた。翔子は、立派に仕事を完遂したのだ。

言葉が出ない。そんな春翔の心を察したのか、冴子が肩に手を載せてきた。

「あとは、翔子さんが春翔の父親を説得できるかだが……、きっと大丈夫だ。翔子さんを信じればいい」

「……はい」

「明日は、雨は降りそうか？」

六月六日、翔子の世界では雨が降る。すぐにでも翔子と話をしたい。しかし……。

「予報では微妙です」

「そうか……、しかし関係ない。少しでも降れば電話が繋がるんだ。明日、仕事が終わったら、すぐに帰って雨を祈れ」

「そうですね」

「翔子さんと話せたら、しっかり労ってやれ。そして、全てを話してやればいい」

「もちろんです」

その夜、春翔は夢を見た。

大きな空間に、所狭しと並んだモニターの画面がチカチカと光る。カタカタとせっかちな音が不協和音となって春翔を取り囲む。しかし、すでに慣れ親しんだその空間に、恐怖は感じない。

温かい膝の上で、大好きなF１の本を読む。

本の先から、周囲の音に劣らないような、速く、リズミカルにキーボードを叩く音が聞こえてくる。楽しげなその音は、まるで音楽を奏でているようだ。見上げると、翔子が笑みを浮かべて画面に見入っている。新しいオモチャを与えられて、遊ぶのに夢中になった子供みたいだ。

「ねえ、ママ」

声に気づいた翔子が、微笑みかけてくれた。

「ごめんね、春翔。飽きちゃった？」

小さく首を振って答える。春翔は、翔子に向かって本を見せた。

「フェラーリの写真が見たい」

翔子がニコリと笑った。

「シューマッハね。いいわよ、ちょっと待っててね」

翔子の指が踊ると、すぐに流線形のマシンの写真が映し出された。

「どう？　すごいでしょ」

翔子の表情は、どこか得意げだ。でも、やはり翔子は肝心なところが抜けていたりする。

「これは、ラルフ・シューマッハのマシンだよ」

「……そうなの？」

「そうだよ。去年、大きな事故でタイヤが吹っ飛んで、ラルフのチームは大変だったんだよ。フェラーリは、お兄さんのミハエル・シューマッハのマシンだよ」

「はいはい、ミ・ハ・エ・ル……と。これね？」

すぐに、真っ赤な車体に、写真が切り替わった。

「うわあ、すごい」

――ママは、魔法使いだ。

一生こんな時間が続けばいいのにな。春翔は、そんな気持ちを心に抱きながら、光る画面に見入った。

六月六日

前日から、いつも以上に頭痛が酷かった。記憶も頻繁に入れ替わっている。

とにかく体調が悪い。分娩業務にあたろうとしたが、それすらもおぼつかなかった。

見かねた東堂が、春翔を早めに帰宅させた。

午後六時、病院を出ると、日が暮れかかっていた。

側頭部に痛みが走る。

翔子が過去で闘っているのだと実感する。それを思えば、これしきの痛みくらい我慢しろと自分に言い聞かせる。翔子が闘いに打ち勝てば、頭痛からも解放されるはずだ。

翔子の命日まで残り一ヶ月。

絶対に過去は変わるはずだ。翔子が二十年後も生きている世界は、幸せな未来に違いない。明るい未来を手に入れたなら、翔子に全てを打ち明けよう。母さんは自分で自分を救ったんだよと、伝えてあげよう。

あと少しで、全てが報われる。

そのとき、湿った風が頬を触った。見上げると、巨大な積乱雲が空を覆っている。少し遅れて雨の香りが鼻に届き、ポツポツと頬を濡らし始めた。

その瞬間、さらに強い頭痛が襲ってきた。よろけそうになるのを堪える。痛みにやられている場合ではない。予報になかった雨が降ったのだ。

電話が繋がる！

訊きたいことは山ほどある。労いの言葉がいくつも頭に浮かぶ。

早く裁縫室に行かないと。それを思った瞬間、春翔は駆け出した。

玄関を開くと、暗闇が春翔を迎えた。明かりもつけずに、真っ先に裁縫室へと向かう。

しかし、靴を脱いだ瞬間、激しく頭を揺さぶられた。鈍器で殴られたかのような痛みを自覚して、思わずよろける。

過去が変わっているに違いない。それにしても、頭痛の酷さが桁違いだ。相当大きな改変が起こっていることを予感させた。

左右の壁に体を打ち付けながら、なんとか裁縫室の扉の前に立つ。あれだけ激しかった雨音が弱まっている。焦燥にかられてドアノブに手をかけると、扉がグニャリと歪み、春翔は呻(うめ)き声をあげた。

脳をかき回されているようだ。深呼吸を繰り返して、なんとか視界を落ち着かせる。

再び、ドアノブを摑む。

そのとき、言いようのない違和感を覚えた。まるで、心の奥底をほんの少しだけ毛羽立たされたような、形容し難いほどのわずかな違和感。扉の先の、何かが違うと感じた。

けれども雨音が、その不審をかき消した。急がなくては雨が止(や)んでしまうかもしれない。

急かされるように扉を開ける。

しかし春翔は、その場で立ち尽くしてしまった。目の前に、違和感の正体が広がっていたからだ。翔子の裁縫室であったはずの部屋が、まるで別の内装になっていたのだ。

生活感に溢れた部屋だった。

タオルケットが乱雑に放り出されたシングルベッド、向かい側には黒いメラミン化粧板の学習机が置かれている。壁一面を埋め尽くす男性アイドルグループのポスター。モノトーンのラグカーペットには、音楽雑誌が投げ捨てられている。

頭が揺れる。あまりの変わりように、思考が追いつかなかった。かつて翔子がいた名残が、一切感じられない。

呆気に取られていると、廊下のライトがついた。

床が軋む音が耳を触り、体が硬直する。誰かの足音だと気づいた瞬間、背後に人の気配を感じた。

背中を嫌な汗が伝ったとき、低い声が響いた。

「勝手に人の部屋に入るなって言ってるでしょ」

女性の声には怒気が籠っている。はじめて聞いたようにも思えるし、どこか懐かしいような気もする。

「ねえ、聞いてんの?」

大きな声になるとわかる。柔らかさが隠れたその声は、翔子に似ている。

その声に引かれるように、春翔はゆっくりと後ろを振り向いた。

若い女性と目が合った。

黒いシャツにグレーのワイドパンツ、モノトーンのシンプルな服装だ。両側からすらりと伸びる腕、その拳は固く握り締められて小刻みに震えている。

肩まで伸びるアッシュの髪、流行りの水平の太い眉、その下の目は少しだけ垂れていて、柔らかい印象を残している。

化粧の奥に、翔子の面影を感じた。

「あ……、秋穂」

あまりに自然に、その名が口から飛び出た。

「だからっ、勝手に部屋に入るなって言ってるじゃん! 兄貴!」

怒気が込められた声に、記憶が揺れる。

新生児用の棺に寝かされた小さな赤子と、二十年間生きてきた目の前の女性の成長が、ぐるぐると混ざり合う。どちらも真実なのだと、大量の記憶が脳に訴えかけてくる。

春翔は、ゆっくりと白い頬に触れた。

びくりとした反応が返ってくる。一瞬遅れて、雨で冷えきった春翔の手のひらに、温もりが伝わってきた。間違いなく、秋穂は生きている。

生きているのだ。二十年前、産声も上げられずに命を奪われた秋穂。あの秋穂が、成長して、目の前に立っている。呼吸をしている。喋っている。

「……秋穂」

「ちょっと、やめてよっ」

悲鳴と共に、手がはたき落とされた。強烈な痛みが走る。しかし、その感触すらどこか嬉しい。

記憶なんて、後から整理すればよい。大事なのは、秋穂が生きているということだ。七月九日の悲劇が変わったのだ。

その瞬間、脳裏に柔らかい声が響いた。幼い頃の自分を呼ぶ、優しい声。

「母さんっ！」

春翔は、リビングに向かって走り出した。

「えっ？　あっ、兄貴……」

すれ違いざまに、秋穂の驚いたような声が耳に触れた。

明かりをつけると、リビングの光景が広がった。

郵便物が乱雑に置かれたリビングテーブル。皺だらけの衣服が重ねて放置されているダイニングソファー。視線を右に移すと、カップ麺とコンビニ弁当の空容器が重ねられたキッチンが目に飛び込んできた。

胸騒ぎがした。

脳内には、新たな記憶が次々と流れ込んでくる。成長する秋穂、家族との時間を過ごしてくれた博史、三人で撮った家族写真……。

しかし、どの記憶にも、家族が一人足りない。

鼓動が速まる。口の渇きで喉が張り付きそうな感覚を覚える。

そんなはずはない。過去は変わったはずなのだ。頭に浮かんだ考えを、必死に否定する。

脳が揺れる。しかし、それに構わず、春翔はリビング中を徘徊(はいかい)した。

カラーボックスに挿さっている書類を全て抜き出す。戸棚に収納されているアルバムの写真を一枚ずつ確認する。キッチンの食器棚を開けて中を覗き込む。床下収納にテレビ台、ありとあらゆる場所を開けて回る。

廊下から、大きな足音が響いた。その乱雑な音には、明らかに怒りが込められている。

扉が開かれた瞬間、怒声が飛んだ。

「さっきからうるさいよっ、何やってんのよ、兄貴！」

春翔は、よろける足取りで秋穂の前に立った。

「なっ、なによ……」

後ずさる秋穂に、さらに詰め寄る。

「なあ秋穂……。母さんは？　母さんはどこにいるの？」

「……っ！」

声にならない声が返ってきた。その頬はみるみる紅潮し、眉がさらに釣り上がった。

「なあ……、母さんは……生きてるよな？」

その瞬間、左頬に強烈な痛みが走った。首がもげそうな勢いで右に回り、熱を帯びる。

首を戻すと、秋穂の怒りの籠った視線が突き刺さった。

「最低だよっ、兄貴！　私にそんなことを言うなんてっ……。バカッ！」

その日には、大粒の涙が浮かんでいる。春翔を睨んでいた秋穂は、踵を返した。そのまま裁縫室に駆け込み、大きな音を立てて扉を閉じた。

翔子がいない。全ての状況がそれを物語っていた。

そんなことを認められるはずはない。春翔はたまらず、逃げるように家を飛び出した。

雨が体にまとわりつき、心のざわつきを増長させた。

冴子のもとへと向かう。

まだ、記憶が混同しているから翔子が見つからないのだ。そう信じて走り続ける。

しかし、いくら走ろうとも、記憶の中の翔子は若いままだった。

雨音が響く診察室、振り子時計の音が、やたらと不安を掻き立てる。かける言葉が見つからないのだろうか、冴子はずっと、沈黙していた。

沈黙に耐えきれず、春翔はとうとう口を開いた。

「冴子さん……。母は……、母はどうなりましたか？　助かったんですよね？」

「まだ記憶が戻らないのか？」

しかし、返ってきたのは冴子の虚ろな瞳だった。

まるで夜の沼のようなその瞳は、底が見えないほど暗かった。

「あの日のことを、話そうか……」

そう言って、冴子はカルテに目をやった。

「と言っても、正直、私だって全てを理解できているわけではない」

春翔と違い、冴子からは古い記憶が消えている。彼女は、朝起きた瞬間、これまでの記憶が全て夢だったのだと告知されているようなものなのだ。春翔とは違う混乱の中にいるのだろう。

横に置いたカルテを、冴子が開いた。

「七月九日、午後七時三十分、翔子さんが早剝で倒れた。母体搬送されたのは、七時五十五分のことだ」

搬送時間が変わっている。以前の記憶では、母体搬送されたのは九時過ぎだったはずだ。

「倒れたときのことは、思い出せないか？」

激しい頭痛に見舞われる。

「救急要請をしたのは、君の父親だ。病院にも、君たち三人でやってきた」

段々と記憶が蘇ってきた。

倒れた翔子に、博史が寄り添っている。

「大丈夫か？　翔子！」

鬼気迫る表情で、何度も名前を呼びかけている。

幼い春翔は、恐怖に立ち尽くしたまま二人を眺めていた。

普段と違う翔子を見て、足がすくんだ。声も出ない。手が震える。

そんな春翔に気づいたのか、翔子が顔を上げた。

翔子を見るのが怖い。しかし、その恐怖は一瞬で消え去った。

向けられたのは、とびきり優しい笑顔だった。脂汗にまみれながらも、笑っている。

「春翔……、大丈夫だから……、ね」

緊張の糸が切れた春翔は、泣きながら翔子のもとへと駆け寄った。翔子に体を寄せると、優しく脇に抱き寄せてくれた。

伝わってくる翔子の体温は、いつもよりも遥かに高く、春翔を抱える腕に時折強い力が込められた。心配して翔子を覗き見ると、やはり満面の笑みが返ってきた。しかし、汗にまみれた前髪が、額にべったりと張り付いていた。

「もしもしっ！　救急車をお願いします！　はいっ、妊娠八ヶ月で……、お腹を異常に痛がっていて……。出血もあるようです！」

博史の叫び声が、部屋に響き渡る。

「かっ……、かかりつけ病院は……」

「博史さんっ……、産成会病院って言って……、熊野先生に……」

絞り出すような声を上げた翔子の眉は、大きく歪んでいた。

「大丈夫よ、春翔……。もうすぐ……、救急車が来てくれるから」

そう言って、すぐに汗まみれの笑顔に戻った。

翔子の体に異常事態が起こっていることは、流石に理解できた。しかし、恐怖で硬直した体は動かず、その胸の温かさに縋ることしかできなかった。

怯えたまま翔子にしがみついていると、やがて救急車の音が響いてきた。


新たな記憶が、雪崩のように押し寄せる。

「か……、母さん……」

翔子はずっと笑っていた。

突き刺すような視線は、もうどこにもない。二十年間、心に止まり続けていた罪の意識が消えてゆく。

「君が変えた過去なんだろう？　よくやったな……、早剝の発症から、搬送まで、完璧な段取りだった。君たち家族は、これ以上ないくらい迅速に行動できた」

ねぎらいの言葉に、涙がこぼれ落ちる。

「私は、すぐに緊急帝王切開を決定した。絶対に子供を助けてほしいと翔子さんに頼まれたが、母子共に救命できると判断しての決定だった」

病人のような白い指が、カルテをなぞる。

ずいぶん時間をあけてから、冴子が噛み締めるように言った。

「しかし私は、翔子さんを助けることができなかった……」

大量に貼り付けられた輸血ロットシールは、以前の記憶と寸分変わらないものだった。

「実に凄惨な手術だった。胎盤は半分ほど剝がれていたが、児の啼泣は良好で、そちらは新生児科に対応を引き継いだ」

秋穂が助かったのは、間違いなく迅速な行動によるものだったのだ。

「だったら、母はなぜ……」

「出血が止まらなかった。どれだけ子宮を圧迫しても、血が溢れてきた。大量の輸血すら、救命の手立てにはならなかったんだ」

「そっ……そんなっ！　すぐ手術したんだから、ＤＩＣにはなっていなかったはずじゃ……」

詰め寄る春翔を、冴子の虚ろな瞳が制した。

「翔子さんは、術中にDICに陥ったんだ」

「術中に？　そんな急激に状況が悪化することなんて……」

「羊水塞栓症だったと、私は思っている」

冴子の確信的な物言いが、春翔の言葉を遮った。

羊水塞栓症とは、羊水が母体血液に流入し、急激にショック状態に陥る疾患だ。DICも併発し、発症すれば五十パーセントを超える確率で死に至る。しかし発症の予測はほぼ不可能で、現在でも母体死亡原因の多くを占める。

「ほっ……、本当に羊水塞栓症だったんですか？」

春翔は、掠れる声で問いかけた。死因が羊水塞栓症によるものであれば、どれだけ過去を変えたって、翔子を救命しようがない。

「わからない。ご主人が剖検を望まなかったし、今となっては調べようもない。だから、あくまで私の推測でしかないが、それ以外考えられない」

「そっ……、そんなっ」

春翔は、砕け落ちるように床に座り込んだ。言いようのない絶望感に襲われる。

冴子が、目の前で深く頭を下げた。

「すまなかった……。私の力不足だ。君が過去を変えてくれたにもかかわらず、翔子さんを救えなかった」

冴子が、唇を強く嚙み締めている。過去が変わっても尚、冴子は熊野診療所に身を置いている。翔子のことを悔いて、産科の道を退いた過去もまた、変わっていないのだ。

「術中にあんな状況になってしまうのでは、どうやっても翔子さんを救うことはできない」

過去を変えるのは諦めたほうがよい。冴子が言わんとしていることは、そういうことだ。

「やはり、我々がやろうとしていたことは、世の理に反するものだ。全て思いどおりにいくはずなどなかった」

冴子の声には一つの覇気もなく、諦めの境地に達しているようにも思えた。

「まっ、待って下さい！　まだ……、まだ手はあるはずです！　電話は繫がるんだ。諦められるはずなんてないじゃないですか！」

段々と語気が荒くなるのを、自制できなかった。

あれだけ翔子が努力したのに報われないなんて、不条理が過ぎる。

「そうだ！　今から母に全部告白して、過去の冴子さんに伝えるように言えばいい！

もっと早くに手術をすれば、羊水塞栓は起こらないかもしれない！」

しかし、家に向かって駆け出そうとした春翔の腕を、冴子が掴んだ。

「なにをするんですか？　早く帰らないと、雨が……」

「これ以上過去を変えるのは、やめたほうがいい」

華奢な指からは想像できないほど、春翔の腕を掴む力は強かった。

「そんなこと納得できるはずないじゃないですか。だって、まだ一ヶ月もあるんですよ」

冴子が首を振った。その意志は固いようだった。

「俺の覚悟さえあれば協力するって言ったのは、冴子さんじゃないですか……。それなのに、なんで今更そんなことを言うんですか？」

冴子の、どんよりとした瞳が向けられた。

「秋穂さんは助かったんだぞ」

「そうですよ。だから、あとは母を助けるだけじゃないですか。単純な話です」

どうしても語気が荒くなってしまう。しかし冴子は、もう一度首を振った。

「よく考えてみろ。君の父親に少しの情報を与えただけで、秋穂さんの命が助かって、生き続けているんだ。わずかな事象の違いが、人の生命すら左右したんだぞ」

冴子の細い手は、いつしか震えを伴っていた。

「何が言いたいんですか？」

「今後、翔子さんの行動が少し変わるだけで、未来が大きく変わるかもしれないということだ。今という時は、奇跡とも言えるようなバランスの上で成り立っている」

冴子の言わんとしていることが見えてきた。

翔子の行動次第で、再び秋穂が助からない未来が訪れるかもしれないということだ。

「秋穂のために、これ以上過去に干渉するな、ということですか？」

冴子の指に一層力が込められた。その瞳には、決意の光が宿っている。これまで感じたことのなかった、冴子の強い意志が伝わってくる。

「秋穂さんの命を奪わないでくれ。彼女は、私の産科人生をかけて救った、大切な命なんだ……。頼む……」

冴子の瞳が潤んでいる。その表情を見て、記憶が蘇った。

保育器（クベース）に収められた秋穂。その小さな背中は上下に動いていて、確かに呼吸をしている。その前で、冴子が博史に頭を下げていた。唇を切れそうなくらい強く噛み締めていて、目には大粒の涙が浮かんでいる。

『もういいですから、顔を上げてください』と、博史が言っても、冴子は頭を上げることなく、そのまま泣き崩れた。

その記憶が、さらに冴子を追い詰めようとする気持ちを鈍らせた。

「あと一ヶ月……、俺は母とどんな会話をすればいいんですか？」

冴子の眉が、苦しそうに歪んだ。

「当たり障りのない会話をするしかない。翔子さんに死を悟らせず、君は決して動揺せず、親子の会話を紡ぐしかない……」

「そ……、そんな」

「そもそも、翔子さんは命を落とすのが正史だったのだ。だから、これからの二人の時間は、神からの贈り物だと思って大切にするよりない」

冴子の瞳に憂いが浮かぶ。

「我々がどう努力しても、翔子さんを助ける術はないんだ。そんな中、死を知らされるのは、本人にとっても辛いだろう。だから、死を伝えずに会話する。それがお互いのためだ」

冴子の言うことはもっともだ。

しかし、気持ちの整理がつかない。つくはずもない。

「少し……、考えさせてください」

その言葉で、冴子の指が、ようやく春翔の腕から外れた。

「辛さを抱え切れなくなったら、いつでも訪ねてくるがいい」

その言葉には返事をせず、春翔は冴子に背を向けた。


まだ、雨が降っている。

翔子はきっと、電話をしようと裁縫室で待っているだろう。

喋りたい。しかし、今は喋るべき言葉も見つからない。

翔子を助けられないのであれば、なぜ過去との電話が繋がったのだろうか？

不条理に、追い討ちをかけられた気分だった。

秋穂を助けるための電話だったのかもしれない。そのためだけに、翔子が未来の春翔に助けを求めた。そう思うしか、納得する道などない。

側頭部が、ずきりと痛んだ。

時間が経って、ようやく記憶が整理されつつある。しかし、やはり翔子の記憶は七月九日で途切れている。

「……母さん」

涙がこぼれ落ちる。大粒の涙は、降り注ぐ雨に、あっという間に洗い流された。

真っ暗な空を見上げると、翔子との最期の別れを思い出した。

うるさいサイレンが、車内に鳴り響く。恐ろしく硬い座席の横には、真っ青な顔をした博史が座っている。

初めて乗った救急車は、絵本で想像していた憧れとは程遠く、ただただ恐怖の空気で埋め尽くされていた。防護服を着た救急隊の大人達が、電話をかけている。その声の大きさが、さらに恐怖を増幅させた。

ようやく辿(たど)り着いた病院は、赤いサイレンの光に照らされて、お化け屋敷のようだった。

ストレッチャーに乗せられた翔子が、院内に消えていく。春翔は、置いていかれないようにと、必死についていった。

殺風景で薄汚れた古い壁、ストレッチャーの車輪が時折耳障りな摩擦音を立てる。辿り着いた広間では、『分娩室』と書かれた、大きな入り口が春翔を迎え入れた。悪魔が大きな口を開けて待ち構えているように思えて、たまらなく怖かった。

あたりを見回していると、苦悶の表情を浮かべた翔子が、博史に向かって二言三言、話しかけているのが見えた。博史が、翔子の手を握ったまま何度も頷いていた。

やがて、白衣の女性に寄り添われて、翔子が大きな部屋に連れていかれそうになる。

地獄の入り口に吸い込まれるように思えて必死に追いかけたが、博史に抱きかかえられて、それも叶わない。

「ママは、これから大事な診察があるんだよ」

その言葉は、なぜだか不安をさらに大きくさせた。

「ママッ！」

思わず叫んだその声が届いたのか、顔だけ上げた翔子が春翔を手招いた。博史の手を振り解(ほど)いて、一目散に駆け寄る。

汗だらけの腕が、春翔を優しく包んでくれた。その腕から伝わってくる体温が、春翔にひと時の安堵を与えた。

しばらく、翔子の体温に埋もれていると、「ねえ春翔」と、翔子が耳元で囁いた。

「ごめんね春翔。お母さん、これからお空に行っちゃうの。……秋穂をお願いね。優しいお兄ちゃんになってね」

意味もわからずに頷くと、翔子が部屋に連れていかれた。

そしてそのまま、翔子は帰らぬ人となった。

記憶が鮮明に蘇り、春翔は道端に立ち尽くした。

雨が、容赦なく体に叩きつけられる。しかし、そんなことはどうでもよかった。

翔子との最期の会話。それを何度も脳内で再生する。

『ごめんね春翔。お母さん、これからお空に行っちゃうの』

心臓が激しく鼓動を打った。口の渇きを覚える。頭が真っ白になる。

翔子は、自分が死ぬことを知っていた。

なぜ……？　いつから？

翔子と紡いだ会話を思い出す。なにか、死を予感させる言葉を口にしただろうか？

直接的な話は、していないはずだ。するはずもない。しかし、翔子は間違いなく、自身が死ぬことを知っていた。

最悪だ。

春翔は、その場で膝から崩れ落ちた。

――俺は、どうすればいい？

しかし、雨が降り注ぐ空は、なにも答えてはくれなかった。

六月十三日

夕刻、帰宅した春翔は、緊張した心持ちで自宅のチャイムを鳴らした。

しばらくすると、ガチャリと扉が開かれた。

「おかえり、春翔」

記憶より大分皺が刻まれ、髪にも白いものが差し込まれた博史が、春翔を出迎えた。

「たっ……、ただいま」

どうにもまだ、新しい記憶に慣れない。扉の先に家族が待っている。それは、新鮮でもあり、どこか現実ではないような気持ちにもなる。

立ち尽くしている春翔を見て、博史が柔らかく笑いかけた。

「どうしたんだ？　そんなに呆(ほう)けた顔をして。久しぶりと言っても、一ヶ月も経っていないだろう。仕事が忙しすぎるんじゃないのか？」

「いやっ……、そんなことは」

一方の記憶では、博史と会うのは十年ぶりだ。春翔は、戸惑いつつリビングへ向かった。

キッチンに散らかっていたゴミは、分別されて袋に収められていた。

「……片付けてくれたんだ」

博史が穏やかに笑う。

「こっちは長いこと一人暮らしだから、これくらい訳ないよ」

「そっか……。仕事はどう？」

「もうロートルだからね。ゆっくりとやってるよ」

博史は今、愛媛の分社に単身赴任中だ。東京本社への出張や週末の折に、家に帰ってくる。

「春翔には感謝しているよ。単身赴任で頑張れば、なんとか家族を養うくらいのお金を稼ぐことは出来るからね」

海外赴任の話も出たが、博史はその話を蹴った。

そのときのことは覚えている。春翔が医学部進学を希望した時期とも重なり、博史と二人で随分話し合い、結果的に現在の形に落ち着いた。

春翔は奨学金を借り入れ、博史は単身赴任で家計に貢献する。

「母さんとの約束だからね……」

言いながら、博史はテレビの横に視線をやった。二つの写真が飾ってある。

翔子と三人で撮った写真。その隣に、退院したばかりの秋穂との三人の写真。

「春翔と秋穂が大人になるまで、何があっても僕が支える。母さんとの約束だ」

分娩室の前で、翔子が博史に喋りかけていたときの言葉だ。

「さてっ」博史が、両手を叩き合わせた。

「せっかく帰ってきたのに、暗い話をするのもなんだね。ご飯にしようか」

博史が、テーブルに置いてあったレジ袋を持ち上げた。

「手料理の一つでも作れればいいんだけど。今回もまた、空港で買ってきた弁当と惣菜だ。みんなで食べようか」

みんな、という言葉に戸惑いを覚える。ずっと孤独だったのだから、無理もない。

「秋穂を呼んできてくれる？　さっき帰ってきたみたいなんだけど、すぐに部屋に籠っちゃったんだ」

博史が、廊下の先の裁縫室に目配せをした。

「……わかった」

廊下に足を踏み入れる。たった数歩の廊下、しかし、その距離が随分長く感じられた。

扉からは、アイドルグループの歌が漏れ出ている。その音が、まるで翔子の名残を消し去ろうとしているように思えて、心にわずかな波を立たせた。

一週間経って、わかってきた。どうやら最近、秋穂との関係は上手くいっていない。翔子が亡くなった日から、男二人で大切に育ててきた。翔子と違って、家事ができるわけではないし、気がまわるわけでもない。しかし、学校のイベントがあれば顔を出したし、服飾の専門学校に進みたいという秋穂の相談にも乗って、無事進学できたはずだ。

それなのに、最近の秋穂はどうにも素っ気ない。

春翔との会話を避け、顔すら合わせない日々が続く。いつ外出しているのかわからない。たまに家にいたとしても、部屋に閉じこもったまま出てこない。

扉を叩くが返事がない。返ってくるのは、スピーカーが垂れ流す音だけだ。それが、苛つきを増大させた。

「秋穂っ！」

口から飛び出た声に、必要以上に怒気が籠る。自分でも、何故こんなに心がざらつくのか、よくわからない。

扉が少しだけ開かれると、音がさらに大きくなり、耳を刺激した。隙間から覗くのは、鋭い眼光だ。

「なに?」

短い言葉には、明らかな棘が込められている。

「これからご飯だって、リビングにきなよ」

「いらない」

間髪を容れずに返され、ムッとする。

「せっかく父さんが帰ってきたんだから、ご飯くらい一緒に食べろよな」

秋穂が、隙間越しに春翔を一瞥した。

「今行くからっ、先にそっち行ってて」

それきり、勢いよく扉が閉められた。

「……なんだよ」

叱責したい気持ちが大きくなる。しかしその瞬間、翔子との約束が蘇る。

『秋穂をお願いね』

どんなに辛辣に当たられても、秋穂を拒絶するわけにはいかないのだ。

小さくため息をつくと、春翔はリビングに戻った。弁当を並べながら博史が訊ねる。

「秋穂は?」

その言葉に、小さく首を振る。

「わからない。くるとは言ってたけど……」

「そうか。じゃあ、ビールでも飲んで、待っていようか」

博史が缶ビールを二本開けて、春翔に差し出す。軽く缶をあわせると、おもむろにテレビの電源を入れる。ニュース番組の音を聞きながら、互いにビールを一口流し込んだ。

「そっちはどう？　新しい病院にはもう慣れた？」

「まあ、ぼちぼち……かな」

特に内容のない会話が始まった。

これが、家族団欒というやつなのだろうか？

まだ、いまいち慣れない。あれだけ切望していたどこにでもある家族の日常のはずだ。しかし理想とは、未だ乖離があるように思える。

翔子がいない。最も大切なピースがないままでも、家族の歯車は回っている。そのことに、どうにも気持ちの悪さを感じるのだ。

沈黙を埋めるためだけにビールを口に運んでいると、乱雑な足音が聞こえてきた。

リビングの扉が開き、秋穂が現れる。ぱさついた長髪にグレーのカットソー、それにゆったりとした黒のサロペットという服装だ。

「やあ秋穂、久しぶり」

声をかけた博史を一瞥すると、椅子にドスンと座る。せっかくできた妹だというのに、とにかく愛嬌というものが感じられない。それに、どんな言葉で話しかければいいのか、正解もわからない。

結局春翔は、秋穂が弁当の蓋を開けるのを、無言で見守った。

「最近どうだ？」

博史もまた、かける言葉がわからないように思える。そんな心を見透かしているのだろうか、秋穂は博史の存在を無視するかのように、弁当を見続けたまま箸を動かし始めた。

沈黙が訪れる。孤独だった頃は静けさが当たり前だった。しかし、家族がいる中で作り出される沈黙は、よりストレスが大きいように感じる。

なにか、会話をしなければ。春翔は、おもむろに口を開いた。

「もうすぐ、母さんの命日だね」

博史の箸が止まる。

「そうだね……」

博史が、チラリと横の秋穂に視線をやった。

「墓参りには、帰れそうなの？」

突然、秋穂がテーブルに箸を叩きつけた。その大きな音は、テレビの声をかき消した。

「ごちそうさまっ！」

その勢いのまま、部屋に引き返そうとする。

「まだ食べ始めたばっかりだろう？」

慌てて制止しようとした春翔を、秋穂が睨みつけた。あまりの眼光の鋭さに、思わず腰が引ける。

「もういいっ！」

背中を向けて、秋穂は凄まじい足音を立てながら、再び自室へと籠った。

「秋穂っ！」

しかし、その声は届かない。爆音が廊下から響いてきた。

「まったく、最近の秋穂は、本当にひどいな……。話もできないんだから」

ため息混じりにぼやくと、博史が小さく笑った。

「秋穂だって年頃の女の子だ。どうしたって難しい時期もあるよ。でも、僕たちだけではどう接すればいいかもわからないから、難しいところだね」

その視線はテレビ横の家族写真に向いている。翔子がいれば、状況は変わったかもしれない。そんな意図が伝わってきた。

「せっかく母さんが残してくれた家族なのに。こんなんじゃ、申し訳が立たないよ」

翔子の最期の表情が思い出される。自分たちは幸せを享受しなければいけない。そうしないといけない義務がある。

「まあ、秋穂にも色々と思うところがあるんだろう。時間が解決してくれるよ。今はそっとしといてやろう」

「……時間？」

「そう。何事も、生きていればこそ、だ。生きていれば、いくらでもやりようがある」

その言葉の裏では、早くに亡くなった翔子のことを言っているのは明白だった。

「母さんは、今の俺たちをみて、なんて言うかな？」

二人の視線が、翔子との家族写真で重なった。

「どうだろうね……。僕たちの情けなさを怒るかもしれないね。少なくとも、秋穂の悩みは、母さんならすぐに解決してしまいそうだね」

博史が自虐的に笑った。

「もしも母さんと話せるなら、今すぐ相談してみたいね。きっと、いいアイディアをくれるはずだ」

その言葉に、心がちくりと痛んだ。

春翔は、翔子と話す手段を持っている。

しかし、あの日から一週間、春翔は翔子と電話ができていない。正確に言えば、できるのにしなかった。

窓の外からは、雨音が聞こえてきた。

二十年前も雨が降っている。電話は繋がるはずだ。

きっと翔子は、裁縫室でずっと春翔に電話をかけようとしているのだろう。ただ、その部屋は現在、秋穂が占領している。

しかし、そんなことは言い訳だということも自覚している。

翔子と話す勇気がなかった。かつて裁縫室だった部屋が、果てしなく遠い場所に感じられる。

春翔は、暗い廊下の先を見つめ、深いため息をついた。

明日も雨が重なる。

六月十四日

手術室、無影灯に照らされた子宮が視界に広がっている。多量の血液を蓄えた筋層は、どこかおぞましく思え、メスを持つ手が震えた。

「俺が絶対にフォローしてやっから、勇気を持ってメスを入れろ」

春翔にだけ聞こえるような小さな声で、東堂が呟いた。

その声に押され、春翔はようやく、子宮筋層に恐る恐るメスを入れた。

次の瞬間、筋層から血液が溢れ出てきて、手が動かなくなった。

東堂が、すかさずガーゼで創部を拭う。出血が拭き取られ、切開部が顔を見せる。

「ほら、草壁、次のメスを入れろ」

しかし、手が言うことをきかない。あっという間に、血液が吹き上がってくる。

やがて、血の海から、白い手が浮かび上がってきた。

その手は、翔子のものに違いない。吐き気が強くなった。

——私は、死ぬの？

柔らかな声が、脳内に響いた。

その瞬間、右手からメスが落ちた。

「草壁っ！」

ダミ声が響く。東堂が、すかさず腹に落ちたメスを手に取った。

「今応援を呼ぶから、それまで耐えろ！　ここまできちまったら、赤ん坊を取り出さねえと、どうしようもねえ」

東堂のメスが一閃する。

春翔は、朦朧としながら介助に回った。

吐き気と頭痛が、交互に襲ってくる。一刻も早く、逃げ出したい気持ちに駆られた。

夕暮れ時、部長室には雨音が響いている。

ソファーに腰を落とした東堂が、深いため息をついた。

「中々うまくいかねえもんだな」

「す……、すみません」

「まあ、座れよ」

もう、何度目かわからない呼び出し。春翔は、陰鬱な気持ちで東堂の前に座った。

「このままカイザーをやらせるのも、ちと厳しいなあ」

東堂がぼやく。責めるような口調ではない。しかしそれが、かえって惨めな気持ちを増幅させた。

「もう、産科をやめたほうがいいでしょうか？」

近頃、手術室スタッフ達の視線が痛い。産科医の基本技術である帝王切開すら、満足にできない医者。そんな風に思われていることが、ひしひしと伝わってきている。

東堂がため息をついた。

「お前が、全部納得した上でやめるんだったら、別に止める道理はねえが、そういうわけでもねえだろう」

色付きメガネの奥の瞳が、ギラリと光る。

「最近ますます、お前の手が迷ってるように見えるんだよ。なんか悩みの種が増えたんじゃねえか？」

はっきり言われ、思わず肩がすくんだ。東堂は鋭い。共に手術に入るだけで、全てを見抜いているのだ。

悩みの種は、翔子のことに他ならない。

秋穂を助けたあの日から、翔子の幻影がまとわりつくようになった。あるときは、白い手が助けを求めるように伸びてくる。あるときは、悲しそうな瞳でこちらを見ている。それに、自室で眠るときに、壁から泣き声が聞こえてくるようにもなった。押し殺したような声は、人生に絶望しているようにも聞こえるし、春翔になにか語りかけているようにも思えた。

そのたびに、翔子の最期の言葉が蘇る。

翔子が、自身の死をどこかで悟ったのは間違いないのだ。

『なにか隠してない？』

思い返せば、不正取引の調査を頼んだときにはすでに、違和感を覚えていたのだろう。

もう、翔子と電話をする自信はすっかりなくなっていた。

「なあ草壁」

「はっ……はい」

「一人で抱え込んでるくらいなら、しっかりと話せ。たった一つの会話をしなかったことが、一生のすれ違いになるかもしれねえぞ」

冴子のことが思い浮かんだ。東堂はきっと、冴子が産婦人科をやめるのを止められなかったことを悔いているのであろう。

これだけ親身になってくれている東堂に何も話さないのも、不義理だ。

「たとえば……の話ですが……」

「なんだ」

「余命一ヶ月もない患者さんに、部長ならどう接しますか？」

東堂が、眉をひそめた。

「がん患者かなんかか？　そんな患者を、お前に持たせたっけか？」

「いえ……、病院の話ではないんですが」

「じゃあ、血縁者か？」

「……そんな感じです」

「なるほどな。近しい相手ほど、そういうのは辛いよな」

近いはずなのに、果てしなく遠いのだ。春翔はその言葉を呑み込んだ。

「本人は、自分が死ぬことをまだ知らないんですよ」

「告知をされてねえのか？　今どき、そんなのも珍しいな」

言葉に詰まる。

「……なにぶん、突然の話だったので」

「病気を隠しとおしてえってことか？」

「でも、本人はどうも勘づいているようなんですよ。だから、どう会話をしていいのかわからないんです。もしも本人に伝わってしまったらと思うと……」

あれだけ渇望していた翔子の声。しかし今は、その声に触れるのが怖い。

死への疑念が、確信に変わったら……。

春翔が翔子にかけてきた言葉は、全て絶望となって翔子を突き刺す。軽薄な希望の言葉、張りぼての未来、意味のない励まし。

そのとき、翔子はどう反応するだろうか？　怒るだろうか。それとも、軽蔑するだろうか。

東堂が、ため息をついた。

「まあ……、難しいよな。正解はねえ話だ」

それきり黙り込む。

沈黙の間に、雨音が落ちた。

――私は死ぬの？

幻聴が聞こえる。しかし翔子との電話を続ければ、いずれ直接投げかけられる言葉だろう。

「部長」

「なんだ？」

「その死は回避できないものとして……」

東堂の目が、続きを話すように促した。

「死を知ってしまうのと、知らないまま死ぬの……、どちらが幸せでしょうか？」

雨音が、一層激しくなった。

「それを決められるのは、本人だけだ。ただな……」

東堂がムクリと身を乗り出した。

「どんなに隠そうとしても、いずれバレる。自分の体は、自分が一番よく知ってるってもんだ」

真っ直ぐに見据えられ、春翔は姿勢を正した。

「それにな……、それがお前の悩みの種なんだとしたら、逃げねえほうがいいな」

はっきりと言われ、息を呑む。

「でっ……でも、自分のせいで死が伝わってしまったら、相手は傷つくんですよ。それならいっそ……」

このまま話さないほうが幸せなのではないか。その言葉を、東堂の鋭い視線が制した。

「なあ、草壁」

「はっ、はい」

その視線は、これまで以上に鋭い。

「世の中にはな、やった後悔と、やらなかった後悔ってのがあるんだ」

東堂の太い指が、自身の左胸をとんと叩いた。

「厄介なのはな、やらなかった後悔だ」

「厄介……とは？」

聞き返した春翔の左胸を、東堂が真っ直ぐに指さした。

「やらなかった後悔は、ずーっとお前の心にまとわりつく。いくら逃げてもついてくる」

「そんな……」

反論しようとして、口が止まる。

つい先日までの自身がそうだったと気づいたからだ。苦しんでいる翔子を助けられなかった後悔が、二十年間心にへばりついていた。せっかく翔子がその後悔を払拭してくれたのに、自分から新たな後悔を抱え込もうとしているのかもしれない。

「死ぬことを最後まで伝えないのならそれでもいい。ただ、相手と向き合うことから逃げるのは話が違う。相手のためにもならない。もちろん、お前のためにもならない」

その声が、春翔の体の奥底にずしりと響いた。

「まあ、あくまで俺の意見だがな。だが、そんだけ大切に思っている人なら、逃げねえほうがスッキリするはずだ」

迷いは消えない。しかし、東堂の声は、背中を押し出すような力強さを持っていた。

柔らかい声を聴きたい衝動に駆られる。

久しぶりの感覚だった。すぐにでも、翔子と話したい。

今を逃せば、雨が止んでしまうかもしれない。

春翔は、勢いよく立ち上がった。

「すみません……、失礼してもいいですか？」

「早く行け」

ぶっきらぼうな声が返ってくる。頭を下げて、春翔は部長室を飛び出した。

雨はまだ降っている。帰宅した春翔は、一目散に秋穂の部屋へと向かった。

音楽は聞こえてこない。念のために扉をノックする。

「秋穂っ？」

返事はない。春翔は、ポケットに忍ばせたPHSを握りしめた。

慎重に扉を開くと、静寂が春翔を迎え入れた。すっかり様相が変わった裁縫室。その隅に、懐かしい家具が置いてあった。

くすんだピンクの座椅子。

翔子の存在を感じた瞬間、ポケットの中が激しく振動した。PHSを取り出すと、煌々と光っている。懐かしい鼻歌の着信音が、部屋中に響き渡った。

「……母さん」

やはり翔子は、未来の春翔に電話をかけ続けていたのだ。

春翔は、震える手で電話を取った。何から話せばいいかわからない。しかし、そんなことは考えていられなかった。

『もしもし……、春翔？』

久しぶりに耳を触った声は、どこまでも柔らかく、懐かしい。

口を開けば、涙を堪えられないような気がして、言葉が出なかった。

『もしもーし。春翔くーん？』

「ごっ……、ごめん」

嗚咽を堪えながらの声は、あまりに小さく、掠れてしまう。

感傷に浸っている場合ではない。平静を装わなくては翔子に訝られてしまう。心を整えろ。自身に言い聞かせ、涙を堪えた。

『久しぶりじゃない。そっちはずっと雨が降らなかったの？』

「そっ……、そうだね。ちょっと、色々あって」

それきり、沈黙が落ちる。喋りたい気持ちと、逃げたい心が交錯する。

翔子の声が、以前よりも沈んでいるように思える。気のせいかもしれない。はやく会話を始めなければと焦る気持ちに駆られるが、翔子がどこまで自身の死を予感しているのかがわからないから、会話の糸口が摑めない。

たった一言にかかる責任が、果てしなく重い。

『ねえ』

沈黙を割った翔子の声。いつもよりわずかに硬いその声に、春翔は肩をこわばらせた。

「なっ、なに？」

絞り出した声は、自分でもわかるくらい震えている。

『秋穂の話を聞かせて』

たまらず息を吞んだ。これまで秋穂の話は、はぐらかしてきた。翔子から、深く追及されることもなかった。

「なっ……なんで……、急に」

乾いた声帯から、なんとか声を絞り出す。

『だって春翔、秋穂のことを、あんまり話してくれないじゃない。たまにはいいでしょう？』

柔らかい声からは、簡単には引き下がらないという意思も感じられた。

嫌な予感がよぎる。やはり翔子は、春翔の話を疑っているのであろう。

しかし、ここで秋穂の話を避けるのもよくないと心が訴えかける。そんなことをすれば、不信はより深まるに違いない。

『もしもーし、春翔？』

不満げな声が届く。

「ごっ、ごめん。あ、秋穂の話ね……。いいよ」

『なによ、それ。家族の話を聞くのに、いいも悪いもないでしょ』

「そっ、そうだね。どんなことが聞きたいの？」

『なんでもいいわよ。元気なのかとか、趣味とか、それに……、好きな人のタイプとか？』

「ちょ……、ちょっと待ってよ。最近はあまり話せてないからわからないんだ」

『なんで？　喧嘩でもしてるの？』

問いかけられて、ハッとした。

最近の秋穂との関係性に悩んでいることを、翔子に相談してしまえばいい。

博史が、翔子ならきっといいアイディアをくれるはずだと言っていた。それに、この話題であれば会話の主導権を握れるはずだ。細かいところに触れられることもないだろう。

春翔は、早速口を開いた。

「最近秋穂は、いつ家にいるかもわからないし、顔を合わせても、まともな会話にならないんだよ」

『どういうこと？』

心配そうな声に、心がちくりと痛んだ。

『詳しく教えて、春翔』

せっつかれ、春翔は秋穂について話し始めた。

翔子が、この世にいないことを示唆しないように、慎重に言葉を選ぶ。

秋穂を大切に育ててきたこと。兄妹仲(きょうだいなか)は悪くなかったはずなのに、最近めっきり拒絶されていること、コミュニケーションが取れない状況が続いていること。

二十年も一緒にいたはずなのに、過去が改変されてから日が浅いため、秋穂が幼かった頃の記憶がはっきりと思い出せない。記憶を掘り起こしていく作業が続く。

昔の秋穂は、素直で可愛かった。素っ気なくなったのは、専門学校に通い始めてからだった。

『きっと反抗期ね』

翔子が確信めいた口調で言った。

「反抗期？　今更？」

『きっかけがあれば、時期なんて関係ないんじゃない？　春翔だって、つい最近そんなことがあったわよ』

「……えっ」

電話越しに、翔子がクスリと笑った。

『秋穂の妊娠がわかった頃よ。私がお腹の中の子供の話ばっかりするから、春翔が拗ねちゃって大変だったのよ』

頬が熱くなった。

『話を聞いてると、秋穂の態度は春翔にそっくりよ。やっぱり兄妹ね』

堪えきれないのか、翔子の笑い声が大きくなった。

「そっ、そんな昔のこと覚えてないよ……」

翔子は、しばらく笑っていた。

ようやく笑い終えた翔子が、悪戯っぽい声で喋りかけてきた。

『とっておきの方法があるわよ』

「なっ……、なに？」

『ご飯よ』

間髪を容れずに、翔子が返答する。

「ごはん？」

『そう！　美味(おい)しいものには、誰も勝てないわよ。あのとき、散々臍(へそ)を曲げてた春翔だって、好きなご飯を作ってあげたら、途端に機嫌が直ったもの。間違いないわ！』

再び、頬が紅潮する。

「それは、小学生の子供の話でしょ……。秋穂は、もうすぐ二十歳(はたち)の大人だよ」

『一緒よ。人間いくつになっても、美味しいご飯があれば、仲直りできるわ』

自信に満ち溢れた言葉。こうなってしまった翔子の考えを崩すのは難しい。

しかし、楽しそうな翔子の声を聞いていると、それ以外の正解はないように思えてくるから不思議だ。

『秋穂の好きな食べ物ってなに？』

唐突に訊かれ、言葉に詰まる。

「あ……、えっと……、なんだっけ。すぐには思いつかないな」

男手一つで家族二人を支える博史はますます多忙になり、自炊などしてこなかった。

草壁家に、家庭の味と呼べるようなものなどない。

「最近は忙しくて、コンビニ弁当ばっかりかも……」

それと、カップ麺。心の中でこっそり付け加える。

『だめよ！　コンビニ弁当なんて、栄養が偏っちゃうじゃない』

窘(たしな)めるような口調だ。

「さっ、最近のコンビニ弁当は、その辺もちゃんとしてるんだよ」

『もうっ、お兄ちゃんなんだから、しっかりしないとだめよ。ご飯って本当に大事なのよ』

「ご……、ごめん」

小さなため息が聞こえてくる。

『ねえ春翔……』

また、いつもよりほんの少しだけ硬い声だった。

「なっ……、なに？」

『私が作った料理に、秋穂のお気に入りはなかったの？』

あまりに直接的な質問に、反応が遅れた。

「えっ……と……」

思わず口籠ってしまう。

なにか適当な料理を答えればよかったのかもしれない。しかし、翔子の声は、少しの迷いもなく、あまりに真っ直ぐで、偽りの言葉を返せなかった。

嫌な沈黙が流れる。

『なにか一つくらいあるはずでしょ？』

問い詰めるような口調に、頭が真っ白になる。過去の秋穂の記憶を必死に手繰り寄せるが、手料理を前に喜んでいる場面など一つも見つからない。

『私が、ずっとご飯を作っていたのよね……』

わずかに声が沈んだ気がした。翔子もまた、不自然な会話のやりとりに、違和感を覚えているに違いない。

何か答えなければ……。なんだっていい。

　しかし、適当な嘘を返すのが憚られた。容易に見破られる気がしたのだ。それに、嘘でこの場を凌(しの)いだとしても、全ての真実が明らかになった瞬間、翔子の絶望を深める心ない言葉が一つ増えるだけなのだ。

　これ以上、嘘はつけない。それを痛感した。

　これまでは、翔子を助けるための嘘だと自身に言い聞かせてきた。しかし、これから何度もつかなくてはならないであろう嘘は、意味が違う。

　それを思うと、どんな言葉すら陳腐に感じる。

　沈黙が続く。

　電話越しの空気が、わずかに震えた気がした。

『もしもし……、春翔？　聞こえてる？』

　翔子の声が、脳内でぐるぐると回る。追い詰められた心臓は、激しく脈打ち、それに伴って呼吸が浅く、速くなった。

「ご、ごめん」

　全力で走った直後のような、苦しい声が喉から絞り出された。

『ちょっと、春翔……。どうしたの？　なにかあったの？』

　翔子の不安げな声が、罪悪感に拍車をかける。

もう無理だと、心臓が警鐘を鳴らした。

「雨が……」

『春翔っ？』

「雨が止みそうなんだ」

部屋の窓に叩きつける雨音が電話口に届かないように、ＰＨＳを抱え込む。

『そんなっ……、せっかく久しぶりに電話できたのに』

これ以上、翔子の優しい声を聞いていられなかった。自分自身が、とてつもなく卑しく、小さな人間に思えてしまい、どこかに消え去りたくなる。

「ごめん」

『そんな……。ねえ春翔、また電話できるの？』

心臓が、ナイフで刺されたように痛い。

「……約束するよ。じゃ……、じゃあ」

たまらず電話を切った。

手に持ったＰＨＳは途端に冷たくなり、プラスチックの塊に変わる。

春翔は、呆然（ぼうぜん）とＰＨＳを見つめた。

自ら翔子との会話を拒絶してしまった。

自分がとった行動が、信じられなかった。

あれだけ渇望していたはずの、翔子との会話だったのに。しかし今は、翔子とどのように向き合えばいいのかわからない。

この日から、翔子の泣き声の幻聴が一層強くなった。寝つこうとすると、決まって秋穂の部屋の壁から幻聴が聞こえてくる。まるで、翔子が自身を責めているように思えてしまい、眠れない夜が続くようになった。

六月二十日

日曜日、当直明けの業務を終えて帰る頃には、すっかり正午を過ぎていた。玄関扉を開くと、秋穂の部屋からは音が漏れ出ている。

「ただいま」

返事はない。そのまま、リビングのソファーに腰を落とすと、ずぶずぶと沈み込みそうな感覚を覚えた。

翔子との電話を切った罪悪感は、日ごとに強くなり、両肩にのしかかる。

七月九日まで、あと三週間しかない。

あと……、三週間もある。

——七月九日を過ぎれば、この重圧から抜け出せるだろうか？

そんな考えがよぎった瞬間、春翔は強く首を振った。

「なにを考えてるんだよっ！」

自身を叱咤するように独りごちる。

あれだけ渇望していた翔子との会話。それが叶ったのに、まさかこんなおぞましい考えが一瞬でもよぎってしまうとは、夢にも思わなかった。

翔子との電話が辛いのかと、自問する。

辛い、と頭の中の自分が即答する。

翔子を助けられるという希望が絶たれてしまったのだ。

老いたわけでもない。病に侵されているわけでもない。人生に絶望したわけでもない。

そんな人間の死に様を知りながら、話などできようはずもないのだ。

しかし翔子は、電話を求めている。もう逃げるわけにはいかない。それこそ、翔子を悲しませてしまう。

あと何回、電話が出来るのだろうか。

あと何回、電話をしなければならないのだろうか。

「くそっ」

強い叱責の言葉と共に、思わず顔を覆った。涙が溢れそうになる。

天井を仰いだ瞬間、リビングの扉が開いた。すたすたとした足音が聞こえ、ソファーの前で止まる。

「ねえ、兄貴」

溢れ落ちそうだった涙を、目の奥に押しやる。

顔を上げると、秋穂が立っていた。だらしないほどゆったりとした、男物のパーカーを着ていて、相変わらず不満げな表情は崩さない。いくら家とはいえ、洒落(しゃれ)っ気も感じられない格好で、猫背で姿勢も悪い。目鼻立ちだけは翔子の面影を残しているのに、纏う空気が全く似つかない。

しかし秋穂は、久しぶりに部屋から顔を出してきた。

「どうしたんだよ?」

秋穂が、だぼだぼの袖を腹にあてながら呟いた。

「お腹すいた……。なんか作ってよ」

一瞬、誰に言っているんだと思った。しかし秋穂の視線は、確かに自分に向けられている。

「なっ、なんかって、俺はカップラーメンくらいしか……」

言いかけて、頭痛に見舞われた。

頭を押さえていると、秋穂の懇願するような声が耳に響いた。

「……オムライス食べたい」

「おっ……オムライスッ？」

そんなの作れるはずないと言おうとして、はたと口をつぐむ。

脳がかき混ぜられる感覚に襲われる。また、過去が変わっているのだ。

オムライス。翔子の得意料理で、春翔が大好きだったもの。

記憶はまだ混乱している。しかし、作れる。漠然とそんなことを思った。

「あんまり期待するなよ」

秋穂の表情がパッと明るくなった。そのまま、ダイニングテーブルの椅子にちょこんと座る。そんな秋穂の脇を通り過ぎて、春翔はキッチンへと向かった。

めまいで足がふらつきながら辿り着いたキッチンは、これまでと一変していた。

乱雑に積み上げられていたコンビニ弁当やカップラーメンの容器は、格段に数が減って、きちんとゴミ袋に収められている。

システムキッチンは整頓され、使いかけの調味料が並んでいる。

記憶の奥底にある、翔子がいた頃のキッチンと重なった。

「……母さん」

冷蔵庫を開く。ついこの間まで、がらんどうだった空間には、様々な食材が詰め込まれていた。

ソーセージ、玉ねぎ、ピーマンに卵四つ。何を考えずとも、次々に手が伸びる。

タイル壁に立てかけられた、プラスチック製のまな板を取り出す。飽きるほど漂白を繰り返してきたまな板の表面には、無数の細かい包丁跡が刻まれている。

収納棚の包丁挿しから、ステンレス製のペティナイフを抜くと、まるで使い慣れた手術道具のように手に収まった。何度も研いできた刀身は、柄に比べて随分短い。

玉ねぎの上下を切り落とし、いざ薄切りにしようと包丁を当てた瞬間、左隣に懐かしい気配を感じた。

『ほら、春翔。玉ねぎは繊維に沿って切ると、目に染みないのよ。……そう、潰さないように優しく滑らせて。……上手よ』

柔らかい声が、耳元に鮮明に響く。

古くて新しい記憶を思い出すと、包丁を滑らせながら胸が熱くなった。

ガスコンロに載せたフライパンに、無塩バターと薄切りにした玉ねぎを投入する。

『玉ねぎは、焦げすぎないようにね。火を弱めると失敗しないわよ』

その声に従うように、弱火に落とす。

やがて、熱が通った玉ねぎがしんなりして、甘い香りが立ち昇る。

顔を上げると、キッチンを覗き見ている秋穂と目が合った。秋穂は甘く炒めた玉ねぎが大好きなのだ。

ピーマンに包丁を入れる。

『ピーマンは、タネを抜いてから輪切りね。お花みたいで綺麗ね』

ここだけは、翔子の指示には従わない。

「ピーマン。ちゃんと切ってよね、兄貴」秋穂の声が響く。

「わかってるよ」

輪切りのピーマンをさらに細かく切り刻んでいく。

秋穂はピーマンを嫌っていた。しかし、ピーマンを入れないと翔子のオムライスの味にはならない。当時幼稚園児だった秋穂に、なんとかピーマンを食べさせようと苦心した末、この工程だけは翔子のレシピからアレンジを加えるようになった。

玉ねぎが透明になったところで、ピーマンとソーセージを一緒に炒める。ソーセージから溢れ出た脂が野菜と混ざり合ったところで、白ご飯をフライパンに投入する。

『大丈夫よ、春翔。相手を思いながら作った料理は絶対に美味しくなるわ……。美味しくなあれってお願いしながら、ゆっくりご飯をかき混ぜて』

励ますような翔子の声を思い出すと、とうとう涙が溢れてきた。

ケチャップと、隠し味の醬油を加え、具材とご飯を優しく混ぜ合わせる。隣に感じる翔子の幻影が、その香りを目一杯吸い込んで満足そうに笑みを浮かべた気がした。

出来上がったケチャップライスの火を落として、フライパンに蓋をする。別のフライパンにも無塩バターを滑らせ、弱火にかける。

牛乳を少し入れた卵をよく混ぜて、フライパンに流し込んで、真ん中を軽くかき混ぜる。

半熟に火が通ったら、中心にケチャップライスを静かに載せる。卵の端を慎重に引き上げ、優しくケチャップライスに被せる。

習った頃は、加減がわからず卵を破いたことを思い出す。

『味は美味しいんだから大丈夫。春翔が作ったオムライスはママが全部食べてあげる。いつか上手に包めるようになればいいのよ』

翔子は、この言葉を口にしたときだけ、何故か寂しそうな表情を見せたことを思い出し、さらに涙が溢れ出る。

形を整えて、反転させて皿に盛る。

綺麗な薄焼き卵に包まれた、昔ながらのラグビーボール形のオムライスだ。

続けて二皿目を作り、春翔はテーブルへと皿を運んだ。

「できたよ」

艶々に煌めくオムライスを見て、秋穂は顔を輝かせる。

その表情を見ていると、懐かしい記憶が脳裏に映し出された。幼い頃の、オムライスを目の前にして満面の笑みを浮かべる秋穂。

間違いない。新しい記憶が主張する。秋穂の大好物は、翔子のオムライスだ。

「冷めないうちに食べなよ」

その言葉を合図に、秋穂がオムライスを食べ始めた。春翔も、それに倣うように自身で作ったオムライスを頰張った。

まろやかな卵に包まれたケチャップライスの味が口一杯に広がった瞬間、スプーンを持つ手が止まった。丁寧に炒めた玉ねぎとケチャップが調和した甘味。ソーセージの脂と塩味に、ピーマンの苦味がアクセントになる。最後に、隠し味の醬油が味を調えてくれる。

舌が訴える。これは、翔子が作ったオムライスの味に違いない、と。残してくれたのだ。自分と、未来の秋穂のために。

溢れ出る感情を堪えていると、秋穂が顔を上げた。

「ねえ、兄貴」

「なんだよ」

涙を悟られないように、ぶっきらぼうに答える。

「お母さんのオムライスって、こんな味だったの？」

「そうだよ。こんな味だった」

秋穂がスプーンを静かに置いた。

「私も、お母さんのオムライス、食べてみたかったな」

その声は、テレビ台に置かれた翔子の写真に向いている。

なんと答えればいいのかわからない。

「……こんな味だったよ」

「そっか」

それきり、二人の会話が途絶えた。

秋穂は、黙々とスプーンを動かし、あっという間にオムライスを完食した。

「ごちそうさま」

「食器、かたしておけよ」

「わかってるよ」

流しに向かいかけた秋穂の足が止まる。

「ねえ」

「なんだよ?」

言い淀んだのか、秋穂の次の言葉が出てくるまでには、少しの間が空いた。

「お母さんって、どんな人だった?」

沈黙が落ちる。

幼い頃、秋穂から散々訊かれた問い。しかしそのたびに、春翔の表情が陰るのを察したのか、物分かりのよい秋穂は、小学校に上がってから、その言葉を一切口にしなかった。

「優しい人だったよ。秋穂が産まれるのを楽しみにしてた」

秋穂の表情が陰った。

「……会ってみたかったな」

渇望するような声。しかし、諦めの感情もうかがえる。

「俺だって会いたいよ」

それだけ返すのがやっとだった。

六月二十五日

診察室の振り子時計がゆらゆらと時を刻んでいる。

「辛そうだな」

コーヒーを置いた冴子が、ボソッと呟いた。

「そりゃあ辛いですよ」

「全部吐き出していけ。ここなら誰にも聞かれない」

冴子の静かな声に押し出されるように、心痛が口から溢れ出る。

「ここ数日で、家がどんどん変化しているんですよっ」

「どういうことだ？」

「色々ありすぎて混乱してますが、例えば……」

春翔は、古いノートを取り出した。

いつの間にか記憶の中に紛れ込んでいたこのノートには、翔子の料理のレシピがい

くつも書き込まれていた。『たらこパスタ』、

「毎日、レシピが増えていくんですよ」

冴子がページを捲ったと同時に、新たな文字が刻み込まれ始めた。

可愛らしい丸文字は、翔子のものに間違いない。

「相変わらず、凄まじい現象が起きているな」

春翔は、大きくため息をついた。

「それだけじゃないですよ。今まで杜撰だった家のことが、どんどん改善されてるんです。ゴミの分別や、洗濯の方法、年に一回の大掃除、それにカレンダーに書き込む項目……、毎日ルールが増えてるんですよ」

これらのルールは、最近できたようにも思うし、昔から当たり前のようにあって、体に染み付いているようにも思える。

「おかげさまで、生活自体は見違えるほど快適にはなっていますけど……」

もはや、秋穂が助かる以前の荒廃した家の面影は、どこにもない。

「まるで、立つ鳥跡を濁さずの精神だな」

冴子の言葉に、心がちくりと痛む。

「やはりそう思いますよね。母はもう、自分の運命をわかっていると思うんです。そ

うじゃなきゃ、こんなことをしないはずです」

冴子が、小さく眉をひそめる。

「直接訊いたわけでもないんだろう？」

「訊けるわけないじゃないですか。電話をするようになって、まだ二ヶ月も経ってないんですよ」

こんな状況になって痛感する。自分は翔子のことを知らなすぎる。

「母が自分の運命に気づいているとして……、なぜこんなことをするのでしょうか？」

そんなことを、毎晩考えるようになった。

「母は俺を責めているのかもしれない。何も言わない俺を、過去から非難しているんだ」

倒れた翔子を前に、足がすくんだ過去を思い出す。翔子の力になれなかった自分。

あのときから、何一つ変われていない。これだけ歳を重ねても、何もできない自分は、弱くて情けない。きっと翔子は、それを見透かしているのだ。

「翔子さんは、そんな人間じゃないだろう」

「でも、死ぬんですよ……。普通は絶望するはずなのに、ただ淡々と、未来の俺たちのための準備をし続けるなんて、どう考えたっておかしいじゃないですか」

言いながら、陰鬱な気持ちが膨れあがる。

翔子の本心が知りたい。

しかし……、

「単なる俺の勘違いで、もしも母が何も知らなかったとしたら……」

それを思うと、どうしても真実を伝える気になれない。見当違いに告知をしてしまえば、翔子を絶望の淵に突き落としてしまう。

安易に告知をするのは『逃げ』だ。

自らが耐えきれなくなって、真実を押し付けた結果、翔子をさらに傷つけてしまっては元も子もない。自身の心の弱さで失敗するのは、もう懲り懲りなのだ。

告知をするのは、翔子が死を確信していることが決定的になったときだ。

もしくは……、

「助かる方法さえあれば、全てを打ち明けられるのに……」

無理だと知りつつも、そんな言葉が口から漏れ出る。

「どうやっても母は助からないんですか？」

今度は、冴子の表情が歪んだ。

「心苦しいが、無理だ。私も文献をあたってるが、羊水塞栓症に有効だと考えられる血液製剤の報告も、最近の知見だ。二十年前では、誰もその考えに辿り着けていない」

わかりきった答えに、唇を噛み締める。春翔自身も、時間を見つけては資料を集めているが、翔子を救い出す手段は、調べれば調べるほど無惨にも消えていく。

やはり、希望の告知にはなり得ない。

「仮に、そのときが訪れるとして……」

冴子の静かな声が響く。

「話すときは、躊躇うな。全てを伝えるんだ。言葉というものは、そもそも上手く伝わらないものだから」

そんなことができるだろうか？

言葉に詰まる。冴子は、畳みかけるように続けた。

「君は今まで充分頑張ったじゃないか。何も恥じることはない」

冴子の冷たい手が、春翔の肩に載せられた。

「どうしようもなくなったときは、元の形に戻ればいい。君たちは親子なんだ。本来、それ以上でも以下でもない」

「そんなことを言われても……」

二十年という長い時が、二人が親子であるという自信を根こそぎ奪い去る。翔子の死が、大きな壁として、常に春翔の前に立ちはだかる。

「翔子さんとの時間は限られているんだぞ。そのときがきたら、迷いなく親子に戻れ」

隠し事が全てなくなるとき。同時に、翔子が絶望を知ってしまうとき。

「そのときはくるでしょうか？」

「……わからない。それを知ることができるのは、君だけだ」

しかし冴子の瞳には、確信めいた光が宿っていた。

六月二十六日

思い返せば、冴子は遠くない未来に『そのとき』が訪れるのを、確信していたのだと思う。

早めに病院をあがると、静かな雨が降っていた。季節外れの寒波に見舞われた雨は、どこか澄んでいて、どんよりした心が洗い流されるように感じた。

ふと、空を見上げる翔子が脳裏に浮かんだ。

二十年前の今もまた、雨が降っている。どんな雨だろうか。肌に打ちつけるような激しい雨か、体にまとわりつくような生ぬるい雨なのか、それとも、春翔が見ているのと同じような、澄んだ冷たい雨だろうか。

翔子が呼んでいる。

そんな気がして、春翔は歩みを速めた。

自宅に戻ると、静寂が春翔を迎え入れた。

『今日も帰らないから、ご飯はいらない』。秋穂からのメールを、今更確認する。

ここ数日、秋穂は外に出ずっぱりだ。おかげで、数週間前まで当たり前のように背中についてきた孤独が、久しぶりに自身のもとへと帰ってきたような毎日だった。

だからだろうか？　無性に、翔子の声が聴きたくなった。

まだ、向き合い方の答えなど見つかってはいない。しかし、孤独が背中を押してくる。春翔は、真っ先に秋穂の部屋に向かった。

ドアノブに手をかけると、ポケットの中がわずかに振動する。

扉を開いた瞬間、嬉しさを抑えきれずに走り出す犬のように、ＰＨＳが光り出した。

煌めきは鮮やかさを増し、振動が強くなる。

寂しかった。PHSが、そう訴えかけているようだった。

手に取って、静かに耳に当てる。

電話が繋がった瞬間、翔子の声が響いた。

『久しぶり、春翔！　オムライス作戦、上手くいった？』

明るい声に圧倒される。

むしろ……、明るすぎる声に違和感を覚えた。

祖父の葬式を思い出した。沢山の人が訪れる中、殊更明るく振る舞っていたのが翔子だった。いつもより、高く、明るい声で、周囲の人に話しかけていて疑問を抱いた。

——おじいちゃんはお空に行ってしまったのに、なんでママは楽しそうなんだろう。

今なら理解できる。あれは、悲しさを覆い隠した声だったのだ。

同じ声が、今、耳に届いている。

『ちょっと、春翔！　聞こえてるの？　オムライスの作り方、教えてあげたでしょ。秋穂は喜んでくれた？』

さらに高くなった声を聞いて、心が軋むように痛んだ。

これ以上明るい声を出させる前に、感謝を伝えなくてはならない。

教わったオムライスは、秋穂の大好物になったよ。そう言ってあげなくてはならない。

しかし、言葉が出なかった。

喉の手前で空気が堰き止められ、声帯を震わすことすらできない。

どんな言葉も、翔子にかけるのは相応しくない。自分には、その資格もない。そんな思いが膨らみ、呼吸をするのすら憚られた。

苦しい。

しかし、動揺を悟られるわけにはいかない。いかにも苦しげな呼吸音など、翔子に届けていいはずもない。静かに息を吸い込む。決して翔子に聞こえないように。

しかし、苦労して取り込んだ酸素は、肺に届いている実感がまるでない。

沈黙が落ちる。

いつもなら、沈黙を埋めるように喋りかけてくれるはずの翔子もまた、黙っている。

音のない時間が、延々と続いた。

長い……、長い時間だった。

どれだけ時間が経ったのかわからない。いよいよ気を失ってしまうかと思ったとき、耳元の空気がわずかに振動した。

翔子が、喋ろうとしている。ＰＨＳを当てた右耳に、全神経を集中させた。

『もう……、我慢しなくていいよ』

ふわりと蝶が舞うような声は、柔らかく、限りなく優しかった。

暗すぎず、かといって無理な明るさでもなく、幼い頃にずっと聞いてきた翔子の声。

その声が、苦しさで爆発しそうだった心を、優しく撫でた。

『隠し事は、もうしなくていいよ』

慈悲深い声に包み込まれる。苦しみが軽くなり、代わりに目頭が熱くなる。

泣いてはいけない。

泣いては、翔子に全てを話さなくてはならなくなる。

わずかに残った理性がそう訴えかけるが、止めようもなかった。

「……母さん」

絞り出した声は、震えて、まともな言葉になりやしない。

翔子が、小さく笑った。

『春翔は優しい子だから、嘘をつくのは辛かったでしょう？　でも、もう話していいよ』

その言葉が、思いを堰き止めていた心の柵を崩壊させた。

決壊したダムのように、涙が溢れてはこぼれ落ちる。

嗚咽が止まらない。まるで、幼児が泣き喚くように、春翔は声をあげた。

翔子は、その様を穏やかに見つめてくれていた。

そばに居なくてもわかる。触れずともわかる。声が届かなくてもわかる。

たとえ電話しかできなくても、たとえ二十年の時で隔たれていたとしても、翔子の存在を感じるのには充分だった。

翔子に身を委ねるように、延々と泣いた。

どれだけ涙を流しただろうか。

涙を流し切った春翔は、ようやく口を開くことができた。

「母さんは……、もうこっちの世界にはいないんだ」

あれだけ恐れていたセリフは、驚くほどすんなりと口を離れていった。

翔子が言葉を返すまで、わずかな間があった。

『そっか……』

諦めたような、受け入れたような、はたまた、すでに答えを知っていたような静かな声。

『私は、死んじゃうんだね？』

穏やかな問いかけに、春翔はゆっくりと頷いた。

「……うん」

『いつなの？』

「七月……、九日」

『その日に、なにがあったの？』

言葉に詰まる。

『いいのよ、春翔。話して……。聞きたいの』

芯の強さを感じる声。

どんな答えでも大丈夫。そんな想いが込められた声だった。

その言葉に押されるように、春翔は七月九日のことを話しはじめた。

二十八週で突然胎盤が剝がれたこと。病院に運ばれて、緊急手術を受けたこと。

『でも、私は助からなかったのね？』

すんなり答えることができない。答えたくない。

『大丈夫よ、春翔。……悪いことが起こるんだろうなっていうのは、なんとなくわかっていたから』

労(いたわ)るような、優しい声。やはり翔子は、自身の悲劇を予感していたのだ。

「ねえ、母さん」

『なあに？』

訊くのが怖い。しかし、訊かねばならない。

「いつから気づいていたの？」

小さなため息が、電話口から漏れた。

『最初からおかしいと思ってた』

予想もしていなかった答えは、さも当然のように返ってきた。

「なっ……、なんで？」

『だって私、そのPHS、もう買い換えようと思ってたから』

翔子の声は、限りなく澄んでいた。

『どう考えたって、そっちの世界にあるのはおかしいのよ。だから、なにかあるんだろうなってわかっちゃったの』

唇を嚙み締める。PHSを持つ手が震える。

また、力不足だった。

せっかくのチャンスを手に入れたのに、翔子の運命を変えることができないばかりか、彼女の心を守る嘘すらつけなかった。

「……んなさい」

『春翔？』

再び涙が溢れてくる。申し訳ない気持ちと情けなさが混ざり、感情が制御できなくなる。

「俺は……、母さんのために、なにもできなくて……、あのときの悔しさで、医者にもなったのに、まだ手術の一つもできない……。母さんが産んでくれたのに、いつまで経っても俺は情けないままで……」

自分は、なぜこんなにも弱いのだろうか。

「ごめんなさい」

『……春翔』

「ごめんなさいっ……。ごめんなさい！」

目の前に、翔子の座椅子があるが、直視できない。

頭を床に押し付けながら、春翔は謝罪の言葉を繰り返した。

『もういいのよ』

ふわりとした声に制される。

顔を上げると、座椅子に座った翔子が、微笑みかけているように感じた。

『春翔はね、優しすぎるのよ。だから嘘が下手なの。小さい頃から変わらないわね』

　柔らかい声で笑う。

『そのままでいいよ』

「え？」

『ちょっと頼りないお医者さんかもしれないけど、そのままでいいわ。私は、優しい春翔が好き。嘘なんて下手なままでいい。それがあなたのいいところなのよ』

「でっ……でも俺は、母さんに……」

　辛い思いをさせてばかりだ。昔も、今も。

『私は大丈夫』

　凛とした声が響く。

『正直、死んじゃうのは、想像していた中でも一番辛い未来だったけど、先に教えてもらってよかった。まだ二週間もあるから、心の準備もできるわ』

　幼い子供を宥めるような声。

　しかし、そんな言葉、受け入れようもない。

「強がらないでよ、母さん」

『……え？』

「もういいから、強がらないで」

少しの間があいて、翔子の言葉が返ってきた。

『そりゃあ辛いわよ、どうしていいかもわからない』

わずかに震えた声……。

『でも、春翔に悲しんでもらいたくないの』

しかしその声は、すぐさま力を取り戻した。

これが、翔子なのだ。親の反対を押し切って春翔を産む決意をしたときも、胎盤が剝がれ激痛が襲う中で秋穂の無事を願ったときも、春翔の嘘を知りつつ隠し通したときも、慣れない仕事に立ち向かったときも、いつでも優しくて強かった。

言葉が出ない。

『あーあ』

不自然に明るい声が響いた。

『そっか……。死んじゃってるのか、私……』

噛み締めるように、それでいて、まるで他人事のように翔子が言った。

その言葉が、不安を掻き立てる。翔子が目の前から消えてしまうような気がした。

「なっ、なにかできることはない？　今からでも俺がなんでもやるから！」

儚(はかな)く消えそうな翔子を摑んで引き戻すように、必死に声をあげる。

なにかしてあげたい。せめて、翔子の命が尽きるまでの二週間だけでも。叶えられる希望ならば、どんなことにも応えたい。隠し事がなくなった今、本心からそう思えた。

『それなら、訊きたいことがあるの』

「なに？」

『私は……、秋穂を産めるのよね？』

不安げな声に、ようやく翔子の本心を理解した。

翔子は、秋穂を無事に産めるのかを信じきれずにいたのだ。本当は、未来のことを知りたかったのだろう。しかし春翔がついていた嘘のせいで、訊けずにいたのだ。

先日秋穂のことを訊いてきたのは、探りを入れたわけではなく、本心からの疑問が、抑えきれずに漏れ出てしまったのだ。

今なら、隠さずに言える。むしろ、伝えなければならない。全ての真相と感謝を。

「それだけは嘘じゃない。母さんが、秋穂を助けてくれたんだ」

『……どういうこと？』

「実はね、元々の過去はもっと酷かったんだ……」

春翔は、全てを話した。

元々、秋穂は翔子と共に命を落とす運命だったこと。博史の出張を差し止めてくれたおかげで、秋穂の命が救われたこと。

家族二人で秋穂を大切に育てて、苦労はあったが、元気で素直な子供に育ったこと。

翔子直伝のオムライスが、今では秋穂の大好物になったこと。

以前の孤独と絶望にまみれた過去も、秋穂を迎え入れ、家族とともに過ごしている今のことも、なにも隠さず話した。

翔子は、春翔の言葉一つ一つに、丁寧に相槌を打ってくれた。時折、楽しそうに笑い、質問を挟む。

全てを話し終えた後、翔子は嚙み締めるように言った。

『そっか、私は秋穂を産めるんだ』

「産めるよ。秋穂は元気に産まれて、大きくなってる。嘘じゃないよ」

『よかったあ……』

あまりに深い、安堵に満ちた声だった。

『ありがとう、春翔』

乾いた土に水が染み込むように、翔子の言葉が体の隅々まで巡る。

「おっ、俺はなにひとつ役には……」

『そんなことない。むしろ春翔にお礼を言いたいの。……ありがとう』

罪悪感で潰れそうだった心が、あっという間に柔らかい感情で満たされる。

『もう一つだけ我儘(わがまま)を言ってもいい？』

「もっ、もちろん！」

『じゃあ……、秋穂の声が聴きたいな』

「秋穂の声？」

『だって私は、麻酔されたまま死んじゃうんでしょ？　一度でいいから、秋穂の声を聴いてみたいの』

　タイマーを見る。まだ時間は残っている。

「ちょっと待って！」

　秋穂を探そうと部屋を飛び出ようとして、足が止まる。この部屋を一歩でも出てしまったら、電話が切れてしまう。それに、秋穂は今、家にいない。

　どうする？　翔子の願いを叶えてあげたい。焦燥で鼓動が速まる。再び扉に背を向けた瞬間、ポケットからスマホが落ちた。

　それを見て、翔子に秋穂の声を聴かせる方法を思いついた。

「今から秋穂に電話をかけるよ。それをＰＨＳに近づければ、秋穂と話せるはずだっ」

『この電話は二人でしか通じないんじゃなかったの？』

困惑した声が響く。翔子に最初に設定した縛りだ。

ＰＨＳは二人でしか使えない。それと、電話の話を他人にしてはいけない。

翔子は、ずっとルールを守ってくれていたのだ。

「ごめん。それは……、嘘だったんだ」

『えっ？』

「とにかく、今から秋穂に電話するから、待ってて」

電話が切れる時が、刻一刻と迫っている。なるべく多くの時間、秋穂と会話をさせてあげたい。手が震えるのをなんとか抑え、秋穂の番号をプッシュする。

着信音が鳴るまでの間が、やたらと長く感じられる。

ようやく鳴り始めた音が、二回、三回と繰り返され、秋穂が電話を取った。

「秋穂が出たっ。……もうすぐ秋穂の声を聴けるよ」

右のＰＨＳに言うと、『わ、わかったわ』と、緊張した声が返ってくる。

左耳のスマホに向かって喋る。

「もしもしっ、秋穂っ！」

『兄貴？』

繋がった！

しかしその瞬間、右耳にブチッという音が響いた。

機械的で、情を感じられぬ乾いた音に、形容し難い不快感を覚える。

「母さんっ！」

ＰＨＳに向かって叫んだが、返ってきたのは秋穂の困惑したような声だった。

『なに言ってんの？　兄貴』

愕然として、スマホを落としてしまう。しかしそれを拾いもせずに、ＰＨＳに叫ぶ。

「もしもしっ！　母さん」

冷たい機械は、沈黙したまま。ＰＨＳは、ただのプラスチックの塊に戻っていた。

電話が切れた。春翔が思い付きで課したルールは、本当に存在するものだったのだ。

それを理解すると、春翔は力なく崩れ落ちた。

死の間際の、翔子の唯一の願いすら叶えられない。無力感に苛（さいな）まれる。

『もしもし兄貴っ！　聞こえてるの？』

落ちた拍子にスピーカーモードになったスマホから、秋穂の不機嫌そうな声が響いた。

惰性でスマホをとる。まるで、自分の手ではないように重い。

「もしもし……」

『なにしてるのよ。最近兄貴、なんか変だよ』

語気は強いものの、奥に秘める柔らかさは、翔子から受け継いだ声に間違いない。

しかし、確実に血を分けたはずの親娘は、言葉を交わすことすら許されない。その不条理を思うと、心が痛くなる。

『ちょっと兄貴、聞いてる？』

「あっ……、ああ、ごめん。きっ、聞いてたよ」

『嘘でしょ？』

「なんでだよ」

『だって兄貴、嘘つくときに吃るもん。だから、すぐにわかる』

間髪を容れずに返され、思わず息を呑んだ。

『まあいいや、今、家にいる？』

「いるけど……」

『相談したいことがあるから、今から帰るね』

普段より低い声は、どこか神妙な雰囲気を醸し出していた。

嫌な予感がした。

ダイニングテーブルに座った秋穂は、明らかに緊張していた。

せっかく淹れたコーヒーも断り、突っ張った両腕を膝の上に載せてもじもじしている。

たまに口を動かすが、「あ」とか「う」などの、単語にもならないような音ばかりを発して、再び唇を尖らせる。眉間には皺が寄り、眉が上がったり下がったり、行き場をなくしたように彷徨っている。

こんな時間が、どれだけ続いただろうか？

「相談ってなんだよ。お金にでも困ってるのか？」

堪え切れずに訊いてみると、「ちっ……、違うよ！」と、怒ったように否定された。

「じゃあ、なにがあったんだよ？」

問い詰めると、秋穂がうつむいた。

「……した」

ボソボソした物言いは、よく聞こえなかった。

「もっと大きな声で言ってよ」

その瞬間、秋穂がテーブルに両手を叩きつけ、勢いよく立ち上がる。そして、意を決したようにその言葉を発した。

「妊娠したのっ！」

一瞬、意味を理解できなかった。

「はあ？」

「だからっ！　妊娠したの……っていうか、ずっと妊娠してたのっ！」

秋穂の顔を直視できず、視線を下へと移動させる。およそ秋穂の好みとは異なるような、ゆったりめのブラウンのワンピースの腹には、わずかな膨らみが見えた。

その瞬間、パズルのピースが次々とハマるような感覚を覚えた。

突然素っ気なくなった秋穂。たまに会えば、趣味ではなかった緩めの服装ばかりを猫背でだらしなく着ていた秋穂。最近、家に寄り付かなかった秋穂。

全ての違和感が繋がった。

「そういうわけだから」

「ちょ……、ちょっと待てって……。とっ、とりあえず、座りなさい」

動揺で、口調がおかしくなる。

渋々座った秋穂と対峙すると、どうにも頬が熱くなった。

産婦人科医を生業にしているにもかかわらず、妹の妊娠にも気づけていなかった。心臓が煩わしく音を掻き鳴らし、嫌な汗が体中から湧き出てきた。

　とりあえず、訊きたいことが山程ある。

「今、何週なんだ？　相手は？　あっ、そうだ、なんで今まで隠してたんだよ。っていうか、どこで産むんだ？　初期検査は？」

　口が空回りしているのを自覚するが、制御できるはずもない。

　そんな春翔の様子を見て、秋穂は明らかに不機嫌そうな表情を見せた。

「一気に言われてもわからないよ。一個ずつ訊いてよ」

「このっ……」

　頭が沸騰しそうになるのを、なんとか自制する。

「今何週なんだよ？　予定日は？」

　秋穂が、スマホに目を落としながら答えた。

「二十六週一日って、アプリに出てる」

　混乱した頭で、どうにか計算する。分娩予定日は十月初めくらいだ。

「どこで産むのか、決めてるのか？」

　問い詰めると、秋穂があからさまに視線を外した。

「わかんない」

「わからないってなんだよ？　だいたい、どこに通院してるんだよ？」

「……行ってない」

鈍器で頭を殴られたような感覚を覚えた。もう妊娠期間も折り返しに来ているというのに、病院すらかかっていないなんて……。

「それって、未妊健妊婦ってことじゃないか！」

頭を抱える。妊娠は病気ではないとはいえ、なにが起こるかわからない。胎児に異常がないとも限らないし、この週数では、正しい予定日すら決めることができない。しかも、産婦人科医の妹が未妊健妊婦などとは、由々しすぎる事態だ。

「なんで今まで黙ってたんだよ？」

詰問口調で言うと、鋭い視線が返ってきた。

それきり黙り込む。

「まさか……、わざと隠してたんじゃないだろうな？」

言葉は返ってこなかった。しかし、やたらと強い意志が宿った瞳は、春翔に肯定の意を伝えた。

嫌な予感しかしない。

これまで経験してきた、未妊健妊婦たちのことが頭を巡る。ほぼ全員に、受診を妨げるなんらかの理由があった。だから秋穂にも、まだ話していない事情があるのだろう。

心がざわつく。

直接訊かずともわかる。

なにがあっても絶対に産む。

秋穂の瞳は、その意志を明確に示していた。

六月二十七日

日曜日。春翔の連絡で東京に飛んで帰ってきた博史を交えて、家族会議が開かれた。テーブルを取り囲んだ三人の間に流れる空気は重く、緊張感が漂っている。

「とりあえず、話を聞かせてくれないか？　秋穂」

博史の穏やかな声に、秋穂が重い口を開いた。

「相手は、バイトの後輩だった子なの」

「だった……って、どういうことだよ？」

「今から話すってば」

鋭い視線が飛んできて、春翔は思わず口をつぐんだ。

秋穂が、妊娠の経緯をぽつりぽつりと話し始めた。

相手は、榎戸（えのきど）という男だ。大学二年生の十九歳。昨年、バイト先で知り合った二人は、年末にはすでに交際を始めていたらしい。どうりで専門学校に通いはじめたあたりから、態度が変わっていたわけだ。

「で……、その榎戸って奴（やつ）は、なんで今日来てないんだよ？」

秋穂が、キッと睨みをきかせてきた。

「今、連絡が取れないの」

攻撃的な視線とは裏腹の自信なげな声に、悪い予感が的中したことを確信する。

榎戸は妊娠の話を聞いて逃げたのだ。

早々にバイトをやめて連絡もつかなくなり、方々を探し回っているうちに、あっという間に時間が経過し、お腹の子は大きくなっていった。不安の中、なんとかツテを辿って連絡がついた知人から、榎戸は休学して実家に帰省していることを知ったようだ。

「多分、実家の両親に相談してるんだと思う」

「そんな奴が、何ヶ月も姿をくらますかよ」

怒りが込み上げてくる。

責任も取らずに逃げ出した榎戸という男と、黙っていた秋穂に、だ。

「なんで相談しなかったんだよ？」

つい、語気が荒くなってしまう。

両肩を縮こまらせた秋穂は、再び春翔を睨みつけた。不安を隠すための虚勢なのだろうことは、容易にわかった。

「だって、そんなこと言ったら……」

秋穂は、その先の言葉を濁したが、言わんとしていることは当然理解できる。

中絶を勧められることを、恐れていたのだ。

自分のことで手一杯で、間抜けにも秋穂の妊娠にすら気付けなかった。そして、もう遅い。妊娠二十二週を超えた瞬間、この国ではどんな理由があろうとも中絶することはできない。

それがわかっていて、秋穂はようやく妊娠の事実を告白したのだ。

「どうするんだよ……」

秋穂が身を乗り出した。

「私は産むよっ！」

決意のこもった声。

それに反発するように、春翔の語気も荒くなった。

「せっかく入った専門学校はどうするんだよ？　どこで産むんだよ？　それに、どうやって育てるつもり？　お金は？　大体、その榎戸ってのと連絡がつく保証はあるのか？」

「榎戸君は、妊娠の話を聞いてびっくりしてるだけだから。絶対に戻ってくるもん」

その目は泳いでいる。顔を見たことすらない、榎戸という男への憎悪が膨らんでくる。

「そんなこと、信用できるものかよっ」

「絶対産むもんっ！　決めたんだもん」

駄々をこねるような秋穂の目には、涙が浮かぶ。それに気圧(けお)されそうになるが、堪える。

「もう産むしかないんだよっ。秋穂だって、それを知ってて黙ってたんだろう。俺は、その先の心配をしてるの」

秋穂は、潤んだ瞳のまま、口を尖らせている。

埒(らち)が明かない雰囲気を感じた春翔は、博史に視線をやった。

「なんとか言ってよ、父さん」

二人のやりとりを黙って見ていた博史は、あっけらかんとした表情を見せた。

「そりゃあ、家族でフォローしてあげるしかないじゃないか」

多少の苦言くらいは呈するかと思っていたところに、肩透かしをくらった気分になる。

「えっ……。ちょっと」

翔子の遺言の影響なのか、博史は殊更秋穂に甘い。

「そんなに簡単に言わないでよ……。問題は山積みなんだよ」

「でもほら、それは僕たちも同じだったから」

博史は、どこか懐かしそうな表情で笑みを浮かべた。

「春翔を授かったときは、僕たちだって問題が山積みだったんだよ」

その言葉に、秋穂が顔を上げる。

「お母さんも？」

博史が、穏やかな笑みを返す。

「そうだよ。妊娠がわかったときはそれはもう大変だった。僕も、榎戸くんと同じように学生だったからね。特に、母さんの親御さんたちがカンカンでね」

博史が、懐かしむように微笑んだ。

「母さんは強かったよ。絶対に産みますって親御さんに宣言したんだよ。まさに、今の秋穂みたいだった」

秋穂が、はっとしたような顔をした。

「母さんは、穏やかで優しくて、なにに対しても一生懸命な人だった。おっちょこちょいなところも多かったんだけど、とても芯が強い人だったんだ」

この一ヶ月半の翔子との会話を思い出し、納得する。

「秋穂は、そんな母さんの子供なんだから、心配してないよ。秋穂が戻ってくるって信じているなら、相手の子もきっと戻ってくる。だから今は、お腹の子供のことを家族で守ってあげよう」

博史の視線が、春翔に向いた。

「だって、うちには立派な産科の先生がいるじゃないか」

「えっ……」

「もちろん、秋穂のことを診てくれるよね？」

あまりにあっけらかんと言われて、春翔は慌てて口を開いた。

「そりゃあ診るけど……。でも、未妊健でリスクも高いんだよ」

未妊健というのが、どうしても引っかかる。

妊娠はなにが起こるかわからない。それに自分たちには、突然降りかかった不幸によって翔子を失った経験があるのだから尚更だ。それなのに、秋穂は妊娠を隠すことを優先した。翔子の無念を思うと、秋穂の行動があまりに軽率に感じられた。

「秋穂も、もう少し危機感を持てって……」

漏れ出た言葉に、秋穂の肩がビクリと反応した。

「母さんだって、予想もできないことで命を落としたんだぞ。最悪、秋穂だって助からなかったかもしれなかったんだから……。妊娠を甘く見るなって」

秋穂の頬が、みるみる紅潮する。それに比例するように、眉が釣り上がる。その姿に怯（ひる）みそうになるが、きちんと釘を刺しておかねばならない。

「とにかくっ、まずは一度診察するからっ！　話はそれからだ。明日の夜に病院で診察するから、絶対に……」

来いよ、という言葉が、凄まじい音に掻き消された。秋穂が勢いよく立ち上がった拍子に、椅子が倒れた音だった。

まるで、親の仇（かたき）を見るかのような鋭い視線が投げつけられる。

「なんだよ……」

「兄貴のバカッ！ もう相談なんかしないからっ！」

秋穂の目には、涙が光っていた。

呆気に取られていると、反転して、ものすごい速さで玄関へと駆け出した。

「秋穂っ」

すぐに博史が追いかける。しかし、玄関を閉じる音が、これでもかと言わんばかりに大きく響き渡った。その音に我に返った春翔も、博史の後に続いた。

理解できない。秋穂と子供の安全を思って忠告したのに、なぜあんな態度をとるのだろう。困惑と怒り、それがぐちゃぐちゃに混じる。

玄関口で、靴を履いた博史が振り返った。

「秋穂のことは、僕が話して落ち着かせておくから、任せて」

穏やかな表情からは、戸惑っている春翔を安心させようとしているのが見てとれた。

「でも……。やっぱり俺も秋穂を探しに行くよ」

身を乗り出そうとしたところを、手で制される。

「今はお互いカッとなってるから逆効果だよ」

「そうだけど」

「心配しないで。病院には、明日必ず行くようにさせるから」

柔らかな物言いだが、その目の光は強かった。

「……わかった」

再び微笑んだ博史が、出て行こうとしたところで、足が止まった。

「おっ、雨が降り出したね。傘、二本持ってくよ」

「いってらっしゃい。……秋穂をお願い」

家を出た博史の足音はすぐに小さくなり、雨音に掻き消された。

大きなため息が漏れた。怒りは徐々に薄まり、代わりに不安が押し寄せる。秋穂の妊娠にトラブルが起こったらどうする？　お腹の子は健康なのだろうか？　秋穂は翔子と血が繋がっているのだから、リスクは高いのだ。

こんなにも心配に思っているのに、どうにも秋穂に伝わらないのがもどかしい。

翔子だったら、どうしただろう？　それが、どうしても頭をよぎってしまう。

やはり、この家族には翔子が足りないのだ。

玄関には、雨音が響いている。

電話が繋がるかもしれない。春翔は、吸い込まれるように秋穂の部屋に入った。

ＰＨＳを取り出すが、沈黙している。普段翔子と話す時間帯は、幼い春翔が寝付いた夜なのだ。だから、電話をするにはまだ早い。

座椅子を前に、ＰＨＳを握りしめる。

雨足が弱まってきた。通り雨なのか、雲の先に晴れ間が見える。

焦燥に駆られながら、奇跡を祈る。

そのときだった。

ＰＨＳを包む手に温かさを感じた。そのまま、ＰＨＳが煌々と光り出した。

三和音で鳴り響くのは、懐かしい鼻歌のメロディーだ。

春翔は、慌ててＰＨＳを取った。

「母さんっ」

『もしもし春翔』

高い声には、喜びの感情が宿っていた。

昨日、秋穂の声を聞かせようと思って、電話が切れてしまったことを思い出す。

「昨日はごめんっ。やっぱりこの電話は俺たち二人でしか通じないみたいなんだ」

『よかった……。もう繋がらないかと思った』

ホッとした声が響く。

窓を見ると、雲が途切れかけている。

「相談したいことがあるんだ。でも、雨がすぐ止んじゃいそうで」

『落ち着いて……。どうしたの？』

「今、秋穂のことで大変なんだ」

『秋穂がっ？　なにがあったの。……教えて！』

「実は、秋穂が妊娠してるんだ。でも問題が一杯あって！」

急いで経緯を説明する。

秋穂が妊娠を隠していたこと。健診すら受診していないこと。交際相手が雲隠れしていること。つい先程、春翔と口論になってしまったこと。今、博史が秋穂を探していること。

呼吸することすら忘れて、捲し立てるように喋る。

全て話し終えると、翔子の声が返ってきた。

『そっか、秋穂が妊娠したんだ』

混乱にまみれた自身の声とは、およそ対照的な穏やかな声だった。

『おめでとう』

慈しむような、噛み締めるような、そんな温かい祝福の言葉に、時が止まったように錯覚した。

一瞬、翔子の言葉に納得しかけたが、首を振る。

「いっ、いやっ、でも、問題は山積みなんだよっ。正直どうしていいかわからないんだっ」

訴えかけるような春翔の声に、翔子は小さく笑った。

『落ち着いて』

「えっ」

『秋穂は、妊娠して、お腹の子を産みたいって望んでいるのよ。だったら、まずはおめでとうって言ってあげないと』

「あっ……」

急な告白に驚き、そんな言葉すら伝えていなかったことに気づく。

不安を隠して、ようやく妊娠を告げた秋穂を、頭ごなしに注意することしかしなかった。しかもそれは、自分が妹の妊娠に気づけなかった情けなさと恥ずかしさを、秋穂に対する非難に転嫁していたからだ。

たった一言で、そんなことを思い知らされた。また、自身の力のなさを痛感する。

「やっぱり、母さんがいないと、だめかもしれない」

つい、本音が漏れてしまう。

『どうしたの？』

「できないことが多すぎるんだ。俺たちだけじゃ、やっぱりだめなんだよ」

秋穂が家族に加わってからの三週間、漠然と抱いていた想いを吐露する。

『そんなことないわよ、私がいなくたって、あなた達は二十年ずっと家族でいたんでしょ？』

「で、でもっ」

家族なのに、新たな問題が生まれるばかりだ。過去、孤独の世界に生きていた頃に描いてきた理想には、到底届かない。

辛い過去が、自身が前を向けない理由なんだ。一人きりだから辛いのだ。家族さえ揃えば、人生の全てが変わるはずだ。

そう信じて過去を変えたのに……。

「俺はだめなままなんだ。自分のことで手一杯で、秋穂を思いやる余裕もない。きっと母さんがいたら、こんなことにはならなかった。だから、俺じゃ家族を……」

『私だって、家族の一員でいたかったわ』

翔子の芯の強い声に、言葉が遮られた。

『でも無理なのよ』

諭されるような声にハッとする。

「ごっ、ごめん」

翔子にそんなことを言っても、辛いだけだ。馬鹿みたいに弱さを吐露した自分に後悔する。

『いいのよ、それは仕方のないことだから。……でもね』

包み込むような声。

『理想通りにいかないのが人生なのよ。だって、私がそうだったでしょ』

ふふっと笑った翔子が、続けた。

『春翔を家族だと思っているから、秋穂は打ち明けてくれたのよ。だから受け止めてあげて……。きっと秋穂も、それを待っているわ』

諭すような声は、どこまでも優しい。

『私がいなくても大丈夫。だから、そっちの世界にいる春翔たちで解決しなきゃね』

その声は迷いなく澄みきっていて、どこか突き放されたような気分になった。

しかし同時に、翔子の心がわかった。

翔子は、自身の死を受け入れたのだ。

心にぽかりと穴が開いたような喪失感を覚える。

窓の外に目をやると、いつしか雨雲は消えていた。

茜色に染まりつつある空からオレンジ色の陽光が降り注ぎ、部屋を明るく照らす。

もう雨が上がる。これ以上翔子に頼るわけにはいかない。そんな気持ちが湧き起こった。

すぐに電話が切れてしまうだろう。その前に、決意を伝えなくてはならない。

「わかったよ。やってみる」

たったそれだけの言葉を返す。たったそれだけしか言葉を返せなかった。

翔子が、穏やかに笑った。

『秋穂と赤ちゃんのこと、お願いね』

その言葉で電話が切れた。

春翔は、ＰＨＳを握りしめた。短い夕暮れ時はあっという間に終わり、闇が降りてくる。

これまで、自分にまとわりついていた孤独の闇。しかし今は、翔子の声が体の内に温かい光を灯している。

もう、翔子には頼らない。しかし、決して孤独とは思わない。翔子の言葉は、いつまでも胸に残り続けるだろう。強くそう思えたから。

しばらくして、博史からメールが届いた。

秋穂と、明日必ず春翔の診察を受けると約束を交わした。博史はそのまま愛媛に戻り、秋穂は今夜、ビジネスホテルに宿泊することになった。そんなことが綴られていた。

六月二十八日

すでに当直の時間帯になり、病棟には胎児心拍モニター音だけが鳴り響いていた。

分娩室の隣の診察室に足を踏み入れた冴子の表情は、いつも以上に硬かった。

「まさか、またここに来ることになろうとはな」

「すみません。秋穂のことは色々ややこしいので、冴子さんに相談するのがいいと思って」

これから、秋穂の診察をする予定だ。

秋穂はハイリスク妊娠だ。春翔の診察だけでは心許(こころもと)ない。別の医者の目も借りたほうがよいが、経緯が複雑過ぎる。だから、冴子に声をかけた。

二十年も前に、自ら産科の世界から身を引いた冴子は躊躇ってはいたものの、秋穂のためならばと、再び産成会病院を訪れる決意をしてくれたのだ。

「変わらないな。昔のままだ」

どこか感慨深そうに、ところどころ剝げたコンクリの柱に触れる。

やがて、遠慮がちなノックの音が響いた。

「どうぞ」

扉を開いた秋穂は、ウエストの緩いブラウンのマタニティーワンピースに身を包んでいる。その表情は、未だ不機嫌そうだ。

無言で部屋に足を踏み入れた秋穂は、冴子を見て目を見開いた。

「誰……ですか？」

冴子が、右手を差し出す。

「はじめまして。草壁先生の指導医の熊野です」

あらかじめ決めておいた設定だ。秋穂はまだ、春翔が過去を変えたことを知らない。

秋穂が、戸惑ったように冴子の手を握り返した。

「よく、これだけ成長してくれたな」

冴子が、感慨深げに秋穂を見た。

「私は、君が産まれたときに立ち会った産科医だ」

「お母さんの？　なっ、なんで？」

秋穂の鋭い眼光が春翔に向いた。理由を説明しろと、その目が訴えている。

「血縁者が難産だった場合は、同じような経過を辿ることも多いんだ。だから、秋穂の診察をするには、熊野先生も一緒のほうがいいと思ったんだ」

「ちょ、ちょっと……放してっ」

秋穂が、冴子の手を振り解こうとする。拒絶の意だ。目の前の手が翔子の命を奪ったのだから、無理もない。春翔だって、冴子とはじめて会ったときには、同じような反応だった。

しかし冴子は、秋穂の手を離さなかった。

「あのときはすまなかった」

許しを乞うように、秋穂の手に額を寄せる。

「君を母親に会わせることができなくて、本当に申し訳なかった」

懺悔するような口調。

衝動を抑えきれないのか、冴子は左手も重ねて秋穂の手を包み込んだ。

「ありがとう……」

「え？　なっ、なにが？」

「産まれてくれて、そして、今まで生きてくれて」

秋穂は、冴子が産科人生をかけて救った最後の赤子だったのだ。それが伝わってくるような、深い感謝の言葉だった。

冴子の手を振り解こうとしていた秋穂の腕が、力なく下がった。

「わかりましたから……、もういいですから、頭を上げてください」

冴子がようやく顔を上げる。秋穂は、未だ戸惑った様子だ。

春翔は、二人の間に入った。

「そろそろ診察しましょう。秋穂、これから熊野先生と一緒に超音波検査をするから、そっちのベッドに横になって」

返事の代わりに一瞥される。博史がどのように秋穂を説き伏せたのかは知る由もないが、秋穂の怒りは、まだ収まっていないのは明らかだ。

秋穂が、診察台に仰向け(あおむ)けになり、マタニティーワンピースの腹をガバッと開けた。

あまりに不遜な態度に、苛つきを覚えるが、なんとか抑える。

『秋穂と赤ちゃんのこと、お願いね』

翔子と交わした約束を無下にするわけにはいかない。

超音波検査機の前の丸椅子に腰掛ける。

「そっちの画面に、超音波画像が映るから。見るの初めてだろう？」

秋穂の膨らんだ腹に検査用のゼリーを垂らし、超音波のプローブを当てる。

やがて、楕円形の白い陰影が見えた。

「ほら、これが赤ん坊の頭だ」

説明した瞬間、頭がグルリと回った。

まだ大きいとも言えない秋穂の腹が、もぞもぞと動く。

秋穂が目を見開いた。

「動いてる」

「そりゃあ、動くよ。生きてるんだから」

胎児の動きは止まらず、中々頭蓋の計測に至らない。

自分は生きている。まるで、部屋にいる面々に、そう主張しているようだった。

秋穂は、自身の腹に優しく触れ、慈しむような表情を見せた。目には涙が浮かんでいる。

生命を宿している。この数ヶ月、秋穂はずっとそれを感じていたのだ。

春翔は、超音波の画面を見ながら、おもむろに口を開いた。

「おめでとう、秋穂」

「え？　なに、いきなり……」

秋穂の目をしっかりと見て、もう一度祝福の言葉を伝える。

「だから、妊娠おめでとう。言ってなかっただろう」

次の瞬間、秋穂の目から、ポロポロと涙がこぼれ落ちた。

両手で顔を覆い、嗚咽する。診察室には、秋穂の泣き声が響き渡った。

「どっ、どうしたんだよ？」

「不安だったの」

涙まじりの言葉だった。

「不安だったら、なおさらちゃんと赤ちゃんを診てやらないと」

「違うのっ！」

春翔の言葉は、秋穂の声に掻き消された。

相変わらず両手で顔を覆っている秋穂の嗚咽が、激しくなった。

「私が……、私のせいで、家族が壊れちゃった。それが不安だったの」

「なにを言ってるんだ？」

「私が産まれたせいで、お母さんが死んじゃったでしょ。本当は、うちの家族に必要だったのはお母さんなんだって、ずっと思ってた。だから、お父さんや兄貴が、お母さんの話をするたびに、心が痛んだの」

秋穂の言葉は、嗚咽が大半を占めるようになった。

「私のせいなんだ……。私がお母さんの人生を奪っちゃったんだ。お母さんはきっと、私のことを恨んでるんだって思ってた……」

それは、今まで聞いたこともなかった秋穂の心の叫びだった。

「そんなこと、あるわけないだろう」

言いながら、かつて自分も、同じ不安に押し潰されそうになっていたことを思い出す。翔子は、救急車すら呼べなかった自分を恨んでいる。その呪縛からずっと逃れられなかった。

秋穂は、泣きじゃくりながら続けた。

「だから、産みたかったの。お母さんが、自分が命を落としてまで私を残してくれた意味を、どうしても見つけたかったの」

二十年分の思いの丈を、全て吐き出すかのような告白だった。

秋穂は辛かったのだ。それこそ、その腹に子供を宿すよりもずっと前から。

しかし秋穂は、そんな悩みを訴えることもできず、心の奥底に押し留めていた。妊娠したことで、抱えていた不安が大きくなり、とうとう抑えきれなくなって爆発したのだ。

　春翔が孤独だった頃に抱えてきた辛さを、秋穂が代わりに背負い続けていたことに、ようやく気づいた。気づけるのは自分だけだったはずなのに。

「母さんは、秋穂を恨むような人じゃなかったよ」

　今なら、自信を持ってそう言える。翔子は、秋穂が産まれて、生きて、子供を授かったことを、まるで自分のことのように喜んでいた。

「そんなのわかんないじゃん！　だって私はお母さんと喋ったこともないんだから！」

　ようやく両手を外した秋穂の目は、涙で真っ赤になっている。

「だから産みたいの。なにがあっても絶対に産むんだもん」

　秋穂の瞳に宿る光は、真っ直ぐで、強い。

　秋穂の辛さは、兄妹で共に乗り越えなくてはならない。秋穂がこの世に子を産むことで、その辛さが払拭されるのであれば、なにがあっても協力せねばならない。

「わかったよ。俺が手伝うよ。だからもう、隠し事はするな。俺たちは家族なんだから」

「兄貴……」

　再び超音波を当てると、胎児が相変わらず元気に動き続けているのが見える。

秋穂がこの世に迎え入れる、新たな命だ。

「この子の命は、絶対に守ってやるから」

秋穂の目に、再び涙が溢れ出す。

「……産んでもいいの？」

これまでに聞いたことがないほど、弱々しい秋穂の声だった。

「だから、もう産むしかないんだってば。だったら、赤ちゃんも、秋穂もなるべく安全に産めるように、俺たちが手伝うから。だからもう、自分勝手なことはしないって約束しろよ」

秋穂が、両手で顔を覆って、声を絞り出した。

「お願い……します。兄貴……」

嗚咽にまみれた声からは、少しの虚勢も感じられなかった。

背中に、小さな手が触れる。

「さあ、春翔。診察を続けよう」

いつも氷のように冷たい冴子の手は、温かかった。

「はい」

しかし、再び超音波プローブを操作しようとしたとき、扉が勢いよく開いた。

「なにをやってんだ？」

ドスのきいた声が響き渡る。その瞬間に、部屋中に緊張が走った。

張り詰めた空気の中、大きな足音が響いた。

せっかちな足音の主は、顔を見なくても誰かわかる。

「とっ……、東堂さんっ」

冴子の声が、珍しく裏返った。明らかに焦った様子で、春翔との間に割って入る。

熊みたいに大きな東堂と、小柄な冴子が対峙する。その様子を、春翔は呆然と見守った。

異様な緊張感を察したのか、秋穂が不安げな声で春翔に耳打ちをした。

「あの怖そうな人は、誰？」

「うちの部長……。ちなみに、秋穂のことはまだ話してない」

秋穂が、恐る恐る東堂を覗き見た。

「やばいじゃん……。なんか怒ってない？」

色付きメガネの奥の表情は窺い知れない。

「部長はいつもあんな感じだから……」

「嘘でしょ。あの顔で怒ってないはずないでしょ」

東堂からは常に尋常ではない威圧感が漂っているので、秋穂が恐怖するのも無理はない。春翔は、秋穂のことを目で制した。

「わからない……。でも、冴子さんに任せてみる」

秋穂が、無言で頷いた。

冴子は未だ口を開かない。すると東堂が、ヨレヨレの白衣のポケットに両手を突っ込んだまま、口を開いた。

「おう、熊野じゃねえか。久しぶりだな」

およそ二十年ぶりとは思えないような、軽い挨拶だった。

「あっ、あの……。連絡もせずにすみません……。これには色々事情がありまして」

「ようやく戻るつもりになったのか。別に俺に断る必要もねえが、いつからだ？」

「いっ、いえっ、そういうわけでは」

東堂が、小さく舌打ちをした。

「なんだよ。期待して損したよ。まあ、内科に飽きたら連絡しろよ」

ポケットから出した大きな手で、冴子の肩を叩く。その流れで冴子は身を引き、東堂に道を譲った。

ずんぐりとした体軀が近づいてきて、春翔の前に立った。

殺人犯に追い詰められたような威圧感に、潰されそうになる。

「ちょっと……、兄貴っ」

横から袖を摑んだ秋穂が、小さな悲鳴をあげた。

秋穂の声に、東堂が反応した。

「兄貴？　ってことは、彼女は……お前の妹さんか？」

「はっ、はいっ。もう二十六週なんですが、未妊健で……。すみませんっ！」

身内が未妊健妊婦だと告白するのも恥ずかしい。苦言を呈されるのを覚悟で頭を下げる。

東堂は、黙ったまま秋穂をじっと見据えた。

秋穂は怯えているのか、未だ春翔の袖を放さない。

「そうか、草壁翔子さんの娘さんか」

東堂が超音波画面にチラリと目をやった。胎児は、相変わらず大きな動きを見せている。

東堂の口角が、ゆっくりと上がった。

「元気そうな赤ん坊だな」

言いながら、色付きメガネを外す。深い皺が刻まれたその目は、穏やかで優しい。

その目を、秋穂に向けた。

「妹さん」

「はっ、はいっ……」

「是非、ウチで元気な子を産んでってくださいね」

「えっ……」

戸惑う秋穂を見て、東堂が満足そうに笑った。

状況が呑み込めない。

「いっ、いいんですか？　部長」

未妊健妊婦という情報以外、なにも伝えていないのだ。

「いいんですかってなんだよ。兄貴がいるんだから、いいに決まってんだろう」

至極当たり前のように返されて、呆気に取られる。

「んじゃあ草壁、あとはよろしくな」

返事をする前に、東堂はくるりと反転した。

再び、冴子に対峙する。

「お前がここに来たのは、そういうことだったのか」

「……はい」

どこか感慨深げに、東堂が冴子を見た。

「じゃあ頼むわ、熊野。なんかあったら、いつでも俺を呼べよ」

「ありがとうございます」

二人の間で交わされる言葉には、とても二十年の歳月は感じられない。それだけ、信頼し合っていたチームだったのだろう。そんなことを感じさせた。

「あとな……、できる検査は全部やっておけ。保険適用外の検査のコストは病院の持ち出しでいい。俺が許可すっから、徹底的にやっておけ」

冴子の肩を、東堂がもう一度叩いた。

「もう、あんな思いをするのは懲り懲りだからな。じゃあ頼んだぜ」

深い皺を隠すように、色付きメガネをかけ直し、せっかちな足取りで診察室を後にした。

その背中を、冴子はずっと見送っていた。

七月五日

雨が重なった。

降る雨は穏やかで、裁縫室には柔らかな音が響いている。

「榎戸とようやく連絡がついたんだって。秋穂はいま、榎戸に会いに行ってるよ」

『まあ』、驚いたような声が返ってくる。

『じゃあ、秋穂は榎戸くんと一緒になるってこと？』

多分結婚する。どこか嬉しそうに言った秋穂の顔を思い出す。

「そうなるみたい。でも、妊娠を知っていきなり逃げ出して、実家に引きこもってた奴だから、不安しかないよ。そんな奴に秋穂を任せられるのかなあ」

翔子がくすりと笑った。

『そりゃあ、まだ大学生なんだから、引きこもってたんじゃなくて他に色々やらないといけないことがあったんでしょ。ちゃんと決心してくれたんだから、よかったじゃない』

「母さんも、父さんみたいなことを言うんだ」

『あら、そうなの？』

「そうだよ。父さんは優しすぎるんだから。だから、俺が榎戸に会ったらビシッと怒鳴りつけてやる」

『だめよ。そんなことをして、榎戸くんがまたどこかに行ってしまったら、今度こそ秋穂から嫌われちゃうわよ。余計なことをしないでよ、お兄ちゃんって』

ふわりとした笑い声が一層高くなる。それにつられて、とうとう春翔も笑い出した。

互いに笑い合う。余計なことに何一つ縛られずに、心を解放する。

自然に湧き上がった笑いは、心地のよいものだった。

『他に、変わったことはある？　教えて』

「ちょっと待って。最近は色んなことがありすぎて、何から話していいかわからなくて」

柔らかい雨が、部屋に穏やかな時を誘っている。

天気予報からすれば、これが翔子との最後の電話だ。

最後にふさわしい会話はなんだろうか？

この数日間、それればかり考えた。

残された者として、翔子に感謝を伝えるべきだろうか。それとも、本当は死んでほしくないと、思いの丈をぶつけるべきだろうか。家族たちから別れの言葉を集め、去りゆく翔子への手土産として送るべきだろうか。あるいは、不条理な死の運命に、共に怒るべきだろうか。

翔子は、なにを望むのだろう？

悩んだ末、普通の会話で終えることを決めた。

とりとめのない話をして、どうでもいいことを笑い合って、近い未来に訪れる死には触れずに、ただの親子として枷（かせ）のない会話をして、そして別れよう。

特別な言葉はいらない。日の終わりに交わす挨拶のような、さようならを伝えよう。

そう決めた。

翔子もまた、そんな春翔の気持ちを察知したのだろうか、他愛（たわい）のない会話が続いていた。

ゆったりとした時間。しかしそれは、あっという間に過ぎていった。

残り時間が減るのに反比例するように、互いに交わす言葉は増えていく。

いつしか、翔子から紡ぎ出される言葉は、坂道を転げ落ちるような独特のテンポが、大半を占めるようになっていた。

急いでいるような、それでいて、ゆったりしたような口調が、どこか懐かしく思える。

未来からの電話を訝しんで、家族を守ろうと必死に喋っていた口調もこんな感じだった。

それを思い出した瞬間、二ヶ月に及ぶ翔子とのやりとりが、脳裏に花開いた。

数えるほどしかない電話が、どれだけ自分を救ってくれただろうか。真っ暗だった人生は、今や見違えるほど明るくなった。バラバラだった家族の心は繋がり、互いに思いやる日々が続いている。

翔子のおかげだ。感謝の気持ちで満たされ、心が温かくなる。

本当は、直接ありがとうと伝えたい。しかし、それを言えば、翔子は逝きづらくなる。

感謝の言葉が、すんでのところで止まる。

どうしたってもどかしい。自身が産まれてから今まで、翔子から与えられるだけの人生だった。そして、とうとう最期の時を迎えようとしている。

気づけば、目頭が熱くなっていた。しかし、会話を途切れさせるわけにはいかない。心を保て。これが最後の電話なのだ。

そう言い聞かせたとき、堪え切れなくなったかのような声が耳に響いた。

『ねえ春翔っ』

「なっ、なに」

涙を堪えて、なんとか声を返す。

『あのっ、本当は言おうかどうか迷ってたんだけどっ……。こんなこと言うと、また寂しくなっちゃうから……、でもやっぱり、言っておきたいのっ……』

　何かに駆られるかのように、その口調は速い。走ろうとして、転んでは、またすぐに立ち上がろうとするような、不器用な足取り。

　すでに、時間はほとんど残されていないのだ。翔子の口調からも、そんなことを実感する。

「なんでも言って。全部……、聞いてるから」

　すでに涙にまみれて、震えた声しか出てこない。

　電話口で、翔子が大きく息を吸い込んだ音が聞こえた。

『ありがとうっ！』

　部屋中に響き渡るかのような、大きな声だった。

「ありがとうって……、なんで……」

　純粋に思う。迷惑をかけてばかりの自分が、なにをしてあげられただろうか？

　しかし、翔子の言葉には、一片の偽りも感じられなかった。

　翔子の興奮したような声が響いた。

『楽しかったの！』

　気づけば、翔子の声もまた湿っていた。

「なんで？　だって俺は……、母さんに迷惑ばっかり……」

『仕事をさせてくれたでしょう？　悪い会社の証拠を摑むときに』

翔子が堰を切ったように喋り出した。

『楽しかったの！　慣れないパソコンに挑戦して、色々調べ物をして……、ドキドキしながら、お金を払って……。ほんの少しだけだけど、社会に出て仕事をしているような気持ちになれたの……。もちろん、本当の会社勤めの人からすれば、おままごとみたいなものだったかもしれないけどっ、私にとってはずっと憧れていたことで、大変だったけど、知らない世界は素敵だった。それに、春翔が話してくれた未来の世界は本当に楽しそうで、私にも、いろんな可能性があるのかなって思えたの』

大量の言葉が、坂道を楽しそうに跳ねるボールのように、次々と届いてくる。

『それにね、春翔に料理も教えることが出来たし、秋穂が私のオムライスを好きになってくれたことも嬉しかった。私は、お兄ちゃんになった春翔にも、これから産まれてくる秋穂にも、直接なにかをしてあげることは出来なかったけど、未来のあなた達に、私の希望を残すことができたのっ』

きっと翔子は今、座椅子に座って、とんでもなく前のめりになって、あたふたしながらＰＨＳに向かって話しているのだろう。そんなことが、容易に想像できるほど、必死さが伝わってきた。

それが、どこかおかしくて、この人をどうしたって手放したくない気持ちが大きくなる。

残された時間は、とうとう一分を切った。

『だから、ありがとう。私は、死ぬ前に夢を叶えられたの。それは春翔のおかげ。あのとき、春翔が電話に出てくれなかったら、こんな経験もできないまま死んじゃったんだもん』

優しい声が春翔を満たす。堪えようもない涙が溢れてきた。

最後は普通に別れよう。そう誓っていたはずなのに、やはり無理だった。

思いの丈を叫ぶ。

「俺だって、感謝の気持ちしかないよ。いくらありがとうって言っても、足りないよ」

翔子が、電話先で息を呑んだ。

「やっぱり、ずっと生きていてほしかった」

『だめよ、春翔。そんなこと言ったら……。電話、きれなくなっちゃう。私はもう、死んじゃうんだから……』

なにか、翔子の心を救う言葉はないだろうか？

「最後に一つだけ言わせて」

『なに？』

「母さんは、ずっと俺たちの心の中で生きてる。それは間違いない」

十年ぶりに博史に電話をしたとき。オムライスを作ったとき。秋穂におめでとうの言葉を伝えたとき。

常に翔子は家族の中にいた。皆の心の中で生きていた。

「母さんは、間違いなく、俺たちの家族なんだ。姿なんてなくたって、ずっと俺たちの中で生きている。だから……」

言葉に詰まった。だから、なんと言えばいいだろうか？　適切な言葉が見つからない。

時間が迫る。最後に伝えるべき言葉はなんだろうか。

「ありがとう、母さん。俺は、母さんに産んでもらってよかった」

まとまらない思考の中、そんな言葉が、口を飛び出ていった。

『春翔……わたしもっ、あなたみたいな優しい子を産めてよかった』

柔らかい声が耳に届く。

無情にも、時が進んでいく。自分から電話を切ることなど、できようはずもなかった。

そんな春翔の気持ちを知ってか、翔子が小さく笑った。

『最期のお別れだね』

「……」

返事はすでに、声にならなかった。

『じゃあね、未来のお兄ちゃん』

まるで、翔子の言葉の終わりを待っていたかのように、ＰＨＳが静かに切れた。

七月六日

至急、秋穂と診療所に来てほしい。

冴子から呼び出しを受けたのは、翔子と別れの言葉を交わした翌日のことだった。

「すまないな。こんな時間に」

振り子時計が、九回鐘を鳴らした。あたりは静寂に包まれている。

冴子に促されるまま丸椅子に座る。部屋に満ちる空気は、どこか張り詰めていて、隣に座った秋穂もまた、緊張している様子がうかがえた。

冴子が、おもむろにA4サイズの封筒を取り出す。

「それは？」

真っ白な封筒には、検査会社の名前が印刷されている。

「今日、遺伝子検査の結果が届いた」

その言葉を聞いた秋穂が、身を乗り出した。

「遺伝子検査ってなに？　先生、こないだ、赤ちゃんには異常ないって言ってたじゃん！」

「落ち着け、秋穂」

動揺した秋穂を制しながらも、春翔の心にも波が立った。

妊娠出産において、通常は遺伝子検査など行わない。翔子のことがあるから、念のためにと追加で行った検査であったが、急に呼び出されたからには異常が見つかったのは間違いないだろう。

しかし、一口に遺伝子異常と言っても、その種類は多岐に亘（わた）る。遺伝子に並んでいる情報は膨大で、全て調べたら異常がない人間などいないとも言えるのだ。

問題なのは、その遺伝子異常が生命に支障をきたすかどうかなのだ。

「どんな結果だったんですか？」

冴子が検査結果を診療机に開いた。

そこには、見慣れない英数字が書かれていた。

【F1 4q28-32　Bβ111Ser　heterozygous】

あまりピンと来ない。春翔にとっては、専門的すぎる分野なのだ。

「これは、どういう意味ですか？」

「F1遺伝子とは、第四染色体上に存在する、フィブリノゲンをつかさどる部分だ」

フィブリノゲンという名には馴染みがある。出血した際に、瘡蓋（かさぶた）のような血栓を作り、止血に重要な役割を担う凝固因子の一つだ。この物質が枯渇すると、産科DICが一気に進行し、大量出血を引き起こす。

凝固機能、それが頭をよぎり、嫌な予感がした。

「この結果には、片側染色体のF1遺伝子の一部に異常があったと書かれている」

冴子の言葉で、空気が一層張り詰めた。

「結論から言うと、秋穂さんはフィブリノゲン異常症だ。遺伝子変異の影響により、フィブリノゲンは作られているものの、それが上手く機能しない……。国内女性の登録者数が百人にも満たないような、非常に珍しい病気だ」

秋穂が、堪えきれないといった様相で立ち上がった。

「ちょ、ちょっと……。もっとわかりやすく説明してよ。難し過ぎて、私には……」

不安なのだろう、顔が真っ白になっている。

「簡単に説明すると、秋穂さんの血は、固まる能力が弱い」

説明する冴子に、食い下がるように秋穂が口を開く。

「私の血がおかしいってこと？　そんなわけないよっ！　だって、今まで貧血になったこともないし、健康診断で引っかかったことだってないし……」

「日常生活には、影響を及ぼさないケースが多いんだ。血を固める能力を測る検査でも、正常範囲内に収まってしまう症例が多くを占める。だから、成長するまで気づかれない患者もいる」

冴子の説明を聞きながら、胸がざわついた。

秋穂が助けを求めるようにこちらに視線を送ってくる。しかし、それに応えることもできなかった。

心が毛羽立っていく。なぜなら、同じような症例を知っていたから。

冴子の淡々とした声が響く。

「この病気は、日常生活を逸脱したときに、問題が表面化するケースがある」

「逸脱って？」

秋穂の声は、不安で震えている。

「例えば、大きな事故にあって、多量の出血に見舞われたときや……」

冴子が、改めて秋穂を見た。

「妊娠したときだ」

あまりにはっきりと言われた秋穂が、黙り込んだ。

「妊娠中は、血液の性質が変化するし、そもそもフィブリノゲン自体が妊娠の維持に重要だということもわかっている。だから、この病気の妊婦は、様々なトラブルに見舞われる」

【最近出血が多くて、ちょっと心配】

いつか母子手帳で見た丸文字が、脳裏をよぎった。

「秋穂さん……。妊娠してから、突然出血したことはなかったですか？」

冴子に訊かれた途端に、秋穂の視線が泳いだ。

「秋穂、ちゃんと答えろ。初期に出血することがあったんじゃないか？」

問い詰められた秋穂は、バツの悪そうな顔で頷いた。

「なんでそんな大事なことを言わないんだよ」

「だって……」

そのまま、うつむいて黙り込む。

冴子が、間に入った。

「やはりそうだったか。とにかく、フィブリノゲン異常症はハイリスクなんだ。初期の出血くらいで済めばいいが、流産や早産のリスクも上がる。それに最悪……」

そこで、冴子が言葉を詰まらせた。その言葉の続きは、春翔が口にした。

「常位胎盤早期剝離を発症する……ですか?」

「そのとおりだ。この病気は、早剝のリスクになる」

「ちょっと、それって胎盤が剝がれちゃう病気でしょ?」

秋穂の顔が青ざめた。

「そうだ」

「お母さんが、私を産んだときに、死んじゃったやつ……だよね?」

それきり黙り込んでしまった。小さな両肩は細かく震えている。

秋穂を宥めてやりたいが、冴子の説明が頭を巡り、それもできない。

冴子の言葉どおりの経過を辿ったのが、翔子なのだ。

「冴子さん、遺伝子の異常ってことは……」

念のため確認する。しかし、答えはわかりきっていた。

「フィブリノゲン異常症は、保因者の親から二分の一の確率でそれを受け継ぐ病気だ」

改めて確信する。

「ということはつまり……、母はフィブリノゲン異常症だったということですね」

全てが繋がった。

妊娠初期に続いた出血。常位胎盤早期剥離の発症、過去を変えて迅速に対応したにもかかわらず、異常とも言えるような大量出血で命を落としたこと。

「間違いない。こんな希少な病が隠れているなんて当時は想像もできなかったが、この結果を見て、全て合点がいったよ……」

冴子が断言した瞬間、秋穂が叫んだ。

「いやっ！」

部屋中に響くような悲鳴をあげ、両肩を抱えて、ガタガタと震え出す。

「私もお母さんと同じことになるのっ？　赤ちゃんを産んで死んじゃうの？」

息が速くなり、ヒューヒューと苦しそうな音を立てる。過呼吸の症状だ。

冴子が、秋穂の背中を優しく摩(さす)った。

「秋穂さん、落ち着いて……。原因がわかれば、立ち向かう方法はある」

秋穂が、真っ青な顔を上げて、掠れた声を出した。

「そんな方法なんてあるのっ？　だって、一杯出血しちゃうんでしょ？　それにお母さんは、なにをやっても死んじゃったじゃない！」

「輸血だ」

冴子のはっきりとした声が、診察室に響き渡った。

「フィブリノゲンを他の人から貰えばいい。献血から、フィブリノゲンだけを集めた薬がある。それを投与すれば、血が止まりやすくなる。だから妊娠中に、フィブリノゲンを定期的に検査して、適宜輸血で補充をするんだ」

秋穂は、冴子の言葉に聞き入っている。

不安からだろう。震える手は膨らんだ腹からひと時も離れない。

「ここからが大事な話だ……。よく聞いてほしい」

一層緊張感が高まった声だった。

「緊急帝王切開が必要になったときには、輸血をしながら手術をする。そうすれば、血がおかしくなるのを防ぐことができる。しかし、輸血が遅れてしまっては、状況は一気に厳しくなる。だから大切なことは、なにかあったときにすぐに病院に……」

「ちょ……、ちょっと待ってください」

春翔は、思わず冴子の言葉を遮ってしまった。

立ち向かう方法はある。冴子のその言葉が、何度も頭に反響していた。

「……どうした？」

「冴子さんが言っていることはつまり、母を助けられる方法があるってことですよね？」

反応したのは秋穂だった。

「……お母さん？　なにを言ってるの？」

訝しむ秋穂をよそに、春翔は冴子に食い下がった。

「だって、母は羊水塞栓症じゃなかったってことですよね？　秋穂と同じフィブリノゲン異常症が死因だったなら、まだやりようがあるってことなんですよね？」

この二ヶ月間、遺伝子異常の事実を知らずに、翔子を助けることを諦めていた。しかし、基礎疾患がわかれば話は全く変わってくる。

冴子が、確信めいた表情で頷いた。

「そうだ。当時の私がフィブリノゲン異常症に気づくことができれば、翔子さんは助かるかもしれない」

「だからこんな夜に、俺たちを呼び出したんですか？」

「その通りだ。残された時間は少ないからな」

しかし、最大の問題が立ちはだかる。

「でももう、母さんとの電話は……」

雨が重ならない。そう言おうとしたとき、秋穂が間に入った。

「ちょっと待ってよ。さっきからなにを言ってるの？」

「秋穂？」

「お母さんを助けるって、なに？　そんなことできるわけないじゃん……。二人ともどうしたの？」

狼狽しているが、無理もない。秋穂は、翔子との電話のことを知らないのだ。

「ここまできたら、秋穂さんにも説明しないわけにはいかないだろう」

冴子が、促すように言った。

「……そうですね」

秋穂を、診察台に座らせる。

向かいの丸椅子に座った春翔は、真っ直ぐに秋穂を見た。

「秋穂、よく聞いて……」

翔子の面影を残す大きな瞳を見つめた。先ほどの動揺はいくらか落ち着いたものの、不安で揺らいでいる。

その不安を増幅させないよう、優しく語りかける。

「これから話すのは、信じられないだろうけど、全部本当の話なんだ。俺もまだなにが起こっているのか、理解しきれているわけじゃないけど……」

一旦、言葉を切り、大きく息を吸った。

「俺は、秋穂を産む前の母さんと、電話をしていたんだ」

「どういうこと？」

秋穂に話す。なにも隠さず、家族の話を全て伝える。

夢のような二ヶ月を確かめるように、時間をかけて秋穂に語りかけた。

いつか、孤独と絶望の淵で過ごしていた時代があったこと。

家族が欲しいと、切に願っていたこと。

秋穂と同じように、自分は翔子に責められていると、勝手に思い込んでいたこと。

二ヶ月前に、突然翔子の声が届き、過去を変えるチャンスを手に入れたこと。

しかし、冴子と尽力しても、救えたのは秋穂の命だけだったことも話した。

自身が産まれた経緯を聞いた秋穂は、心底驚いていた。

それも当然だ。元々は、始まることすらなかった命が、過去の翔子の頑張りによって救われ、いまや新しい命すら産み出そうとしているのだから。

その話をする頃には、秋穂はすっかり泣き顔になっていて、時折「お母さん」と、呼びかけるように口にしていた。

秋穂が産まれた未来を摑んだ後のことも話す。

翔子はすでに、自分が死ぬ運命を知っていること。それにもかかわらず、家族のことを常に気にかけて、秋穂の大好物になったオムライスの作り方を教えてくれたり、家のことが円滑に進むようにルールを作ったり、自分のことよりも未来の心配ばかりしていたこと。

そして、つい昨日、翔子と最期の別れをしたこと。

全てを話し終えて、改めて翔子について思う。

母は、どんな人だったのだろうか？

「二十年ぶりに話した母さんは、俺が記憶していたより、ずっと強くて、優しい人だった。今や俺のほうが年上だったんだけど、本当に心から尊敬できる人だった。だから秋穂、母さんが秋穂を責めることなんて、絶対にあり得ないから、安心して」

涙でぐしゃぐしゃになった顔で、秋穂が頷いた。

秋穂の嗚咽が響く。春翔は、冴子と共に秋穂が泣き止むのを待った。

しばらくして、ようやく秋穂が顔を上げた。

「お母さんは、私と同じ病気だったんだね。私が産まれて、生きてきたからそれがわかったんだね」

冴子が、秋穂の背中を優しくさすった。

「そうだ。秋穂さんが命を宿したことで、お母さんの病気を見つけることができたんだ。……大手柄だ」

秋穂が、春翔に顔を向けた。その目は真っ赤に腫れていたが、真っ直ぐな意志の光が宿っている。

「お母さんを助けてほしい」

強い願いのこもった言葉だった。

「私は、お母さんと話してみたい。会ってみたい。お母さんが、私を産んでくれたことに意味があったとしたら、きっとこのためだったと思うの」

切々と訴える声が、心に響く。

もちろん、春翔だって同じ気持ちだ。

しかし、雨が降らないのだ。梅雨の終わりかけのいま、晴れの予報が続く。

これまで、どんなに努力しても、翔子の命だけは救えなかった事実が重くのしかかる。翔子の運命だけは変えられない。この奇妙な現象の中で、それだけは絶対的なルールのように思えて仕方がないのだ。

春翔の弱気を察したのか、冴子が春翔の両肩を摑んだ。

「雨が降ることを祈ろう」

冴子の細い指に、力が入る。

「君は、何度も過去を変えてきたじゃないか。天気予報なんて知ったことか。にわか雨だっていい……、少しでも降れば電話が繫がるんだ。翔子さんが倒れるその瞬間まで諦めるな。七月九日の午後七時半まで、あの部屋にこもって雨を祈り続けるんだ」

「ずっと部屋にいろって言っても、病院は？　それに当直だって……」

急に代わってもらえる人間など、見つかろうはずもない。

視線を泳がすと、冴子の力強い視線に射ぬかれた。

「私が穴を埋めてやる」

これまでの冴子からは、想像できないほどの迷いない声に驚く。

「いいんですか？　だって冴子さんは……」

翔子の死で産科の道を退き、それを二十年貫き通した人間なのだ。

「当然だ……。こんなときに助け合うのが、本当のチームだ」

冴子から感じる懐の深さは、東堂のそれと同じだった。

東堂が冴子に信頼を寄せていた理由を、今更ながら実感する。

「ありがとうございます」

「東堂さんには、私から説明しておく」

「お願いします」

すると隣から、秋穂が袖を摑んできた。

「ねえ兄貴、電話は私の部屋じゃないと繋がらないんだよね？」

「そうだな……。しばらく、秋穂の部屋を貸してもらわないといけない」

「だったら、お母さんの命日まで、私は家を出るよ」

「だっ、だめだよっ。だって秋穂の体だって、いつなにがおこるか」

「他の人がいたら電話が切れちゃうんでしょ。そうしたら、誰も家にいないほうが確実だよ。せっかく雨が降っても、電話が切れたら最悪じゃん」

「そうだけど……」

フィブリノゲン異常症が判明した以上、いつ、なにが起こるかもわからない。対応が遅れてしまえば命にかかわるのだ。

秋穂が柔らかく笑った。

「そんなに不安にならないで大丈夫だよ。近くのホテルにいるから。もう隠し事なんかしないって……。だから私のことを信用してよ」

翔子譲りの大きな瞳は、限りなく澄んでいる。

「わかったよ。なにかあったら、すぐに連絡するんだぞ」

頷いた秋穂が、袖を掴む手に力を込めた。

「絶対にお母さんを助けて。私だって、お母さんと話してみたいの」

「まかせとけ」

秋穂を安心させるように、春翔は力強く頷いた。

七月九日

すでに日が落ち、静寂に包まれた小さな部屋で、雨を祈る。

果たして、人生でこれほど雨を願ったことがあっただろうか？

しかし無情にも、梅雨の陰鬱を吹き飛ばすかのように太陽が照りつける日が続き、あっという間に翔子の命日を迎えた。

この三日間、翔子との記憶が宿るこの部屋で、春翔は自分と向き合っていた。

結果的に考えれば……。

仮にあのとき、幼かった自分が救急要請をできたとしても、翔子の命は尽きていたことになる。翔子は、当時の状況では見つけようもない血液の病を抱えていたのだから。

それでも、自ら動いていたら、その後の人生は変わっていたのだろうと思う。

どう行動するか、なのだ。たとえ結果は同じだとしても、後悔なく行動するかしないかで、未来がガラッと変わってしまうのだ。

その大切さを教えてくれたのは、翔子に他ならない。

自身に降りかかる悲劇を知りつつも、わずか二ヶ月間に翔子がとった行動は、二十年経った今でも、家族を温かな光で照らし続けている。

過去の自分はどうだったろうか。

殻にこもり、父を責めて家族との関係を断って、自身を卑下して生きてきた。あまつさえ、他人の命を救うことで、罪の償いにしようとまでした。

そんな心で、成長できるはずはないのだ。だから迷っては手が止まり、さらに自分を貶(おとし)めるような悪循環に陥っていた。

後悔しないように行動するのが重要なのだ。ならば、結果だけで行動の是非を判断すべきではない。行動したかどうかが次に繋がる。

だから、次こそは一歩前に進もう。

どんな結果になろうとも、後悔はないと胸を張れる人生を歩もう。

それが、翔子に対する弔いなのだ。翔子が自身の命を賭してまで家族に残してくれた光を、受け継いでいこう。

そう誓った。

午後七時二十五分。五分後に、翔子の胎盤が剝がれて倒れる。

どれだけもがいても、翔子を助けることは叶わないのかもしれない。しかし、時は繋がっているのだ。未来から、翔子と共に闘おう。

そう思った瞬間、窓いっぱいに、激しい稲光が走った。

窓の外を見ると、暮れたばかりの空をあっという間に黒い雲が覆った。

小さな雨粒が一つ、窓を叩く。

二つ三つと音が響くと、すぐに雨足が強くなった。

予報にない雨が降った。信じられない気持ちで、春翔は空を見た。それはまるで、二十年前を彷彿とさせるような、激しい雨だった。

慌てて時間を確認する。午後七時二十六分。

まだ、翔子の胎盤は剥がれていない。

まだ、わずかな時間が残されている。

春翔は、PHSを握りしめた。最後の奇跡を信じて、祈る。

「鳴れ。まだ間に合う……、鳴ってくれ！」

しかし叫び声は、無情にも暗雲に吸い込まれた。

刻一刻と、時間が過ぎていく。

時刻表示が、七時二十七分に切り替わった。

一分が永遠のように感じる。雨音をかき消すかの如く、心臓が煩わしい音を立てた。

諦めるなと、自らを鼓舞する。たとえひと時でも電話が繋がればいい。フィブリノゲンという単語だけでも伝えられたら、翔子は助かるかもしれない。

しかしPHSは、冷たく沈黙したままだった。

ひたすら祈る。今まさに、胎盤が剥がれようとしている翔子に、祈りが届くように。

――頼む……、鳴ってくれ！

心の中で叫んだ瞬間。耳をつんざくような雷鳴が轟き、部屋が真っ白な閃光に染まった。

あまりの音の衝撃に、頭を殴られたような錯覚に陥る。

徐々に視界が開ける。少し遅れて、聴覚も戻ってきた。

雨は続いている。しかし春翔は、違和感を覚えた。

再び音を取り戻した雨に、別の音が重なっている。機械音は、電話の着信音だとわかり、慌ててPHSに目をやったが、反応はなかった。

単調で無機質な機械音は、足元のスマホから響いていた。

液晶画面には、熊野冴子と表示されている。翔子の電話を待ち続けているのを知る冴子からの電話ということに、嫌な予感がした。

汗ばんだ手で電話を取ると、切羽詰まった声が響いた。

『もしもし春翔っ！　こんなときにすまない』

明らかに動揺した冴子の声は、春翔の不安を増幅させた。

嫌でも、翔子が倒れた場面がフラッシュバックする。

「な……なにがあったんですか？」

『秋穂さんが倒れた』

雷鳴が轟く中、冴子の声は、はっきりと耳に響いた。

『強い腹痛に出血もしているらしい。おそらく早剝だろう。もうすぐ秋穂さんを乗せた救急車がこちらに向かって出発する……』

冴子が言葉を濁した。

『こんなときに言うのは心苦しいのだが、人手が足りなくなる可能性がある』

外で話しているのだろう。電話口からは、雨音が聞こえてくる。

雨が降りだした今、翔子を救えるチャンスが訪れていることを、冴子も知っている。

だからこそ、その言葉は苦しげだった。

どうする？　自らの心に問いかける。

翔子からの連絡を待ち続けるのか、それとも秋穂を助けに、今すぐに病院へ向かうのか。

答えを出すのに、さほど時は要さなかった。

「今すぐそっちに行きますっ！」

『だっ、大丈夫なのか？』

冴子の驚いたような声が返ってきた。

『病院には東堂さんもいるから、どうしても人手が足りなくなったときに呼び出すことだってできるぞ』

「もう後悔しないって決めたんです。もしも迷った時間のせいで秋穂を救えなかったとしたら、俺はまた後悔すると思うんです」

『それはそうだが……、本当にいいのか？』

「母が教えてくれたことです。中途半端な気持ちでは、未来に繋がらない。正解のない世界でも、前を向いて進むことに意味があるんです。だから、今すぐ向かいます」

一瞬の間を空けて、冴子の声が返ってきた。

『わかった！　一緒に秋穂さんを助けよう。待ってるぞ』

すぐさま電話が切れた。

冴子はこれから、秋穂を迎えるための準備に奔走するだろう。

春翔もまた、すぐに手を動かした。上着を羽織り、必要なものをリュックに詰め込む。

そのとき、小さな冊子で手が止まった。

懐かしい触り心地は、この二ヶ月間、何度も手に取って読み返したもの。

母子手帳だった。

【春翔くんの将来の夢はなんでしょうか？　翔子より】

いつか、互いの存在を確認するためにやりとりしたメッセージを思い出し、ページを捲る。

開いたページを見て、手が震えた。

そこには、新たな文字が書き込まれていた。

【ありがとう！ 優しい産婦人科の先生になって、秋穂を助けてあげてね】

変色したインクで書かれた懐かしい丸文字は、翔子のものに間違いない。

おそらく、つい先ほど書き加えられた、古くて新しいメッセージだ。

「母さんっ」

母子手帳を胸に抱えて叫ぶ。

もう、翔子が倒れた頃だ。夢のような奇跡の時間は、終わりを迎えたのだ。

二度と翔子の声を聞くことは叶わない。

「うわあああ！」

春翔は、渾身の力を込めて叫んだ。時を超えて、まさにこの瞬間に苦しんでいる母に届くように。感謝を伝えるように。

そして、すぐに心を切り替える。秋穂もまた、春翔を待っているはずだ。

お守りがわりに、母子手帳をリュックに仕舞い込み、春翔は雨音が響く窓に背を向けた。

扉に駆け寄り、ドアノブに手を掛ける。

しかし、いざ扉を開けようとしたとき、手が止まってしまった。

背後から、小さな音が聞こえてきたからだ。

耳を澄ます。小さな電子音は、まるで春翔を引き留めるかのように音を奏でている。

雨音に掻き消されるほどだったその音は、徐々に大きくなる。三和音で奏でられる短いフレーズは、聴き慣れたメロディーだ。

翔子の鼻歌に間違いない。

耳を疑った。翔子はすでに胎盤が剝がれ、今まさに苦しんでいるはずだ。今更電話などかかってくるはずはない。

しかし、そんな春翔の考えを否定するかのように、音が一層大きくなった。

まるで、助けを求める叫び声のようだ。

たまらず後ろを振り返ると、目を疑うような光景が広がっていた。

座椅子に置いておいたPHSが、煌々と光り輝いている。

「……なんで？」

乾いた声に呼応するように、PHSがゆっくりと浮き上がった。

放たれる緑の光は力強さを増し、鼻歌のメロディーは部屋中に響き渡る。

誰かが呼んでいる。

春翔は、引き寄せられるようにPHSに歩み寄った。
手に取ったPHSは、温かい熱を帯びている。
早く電話に出てと訴えかけるような激しい振動が、手に伝わってきた。
意を決して、春翔は通話ボタンを押した。
「もっ……、もしもし。母さん?」
小さな交雑音が響く。
返ってきたのは、意外な声だった。
『お兄ちゃん! ママが苦しそうなんだっ! 助けてよっ!』
幼い男の子の声。
「君は……」
その名を呼ぼうとした瞬間、強烈な頭痛に見舞われた。
あまりの衝撃に、言葉が出ない。
『もしもしっ! お兄ちゃん? 聞いてるの?』
子供の声が、頭に反響する。
その懐かしい声の主を、忘れられるはずもない。
「きっ、君は……、君は、もしかして……ぐあっ」

頭が割れるような痛みに、呻き声をあげる。

『僕は草壁春翔だよっ！』

はっきりとした声が耳に響き、脳が激しく歪んだ。

「やっぱりそうなのか……。でも、なぜ君が？　だってこの電話は……」

そこまで言って、ハッとする。

電話の相手は、過去の自分自身だ。

「そうか……。俺同士の電話なら、ルールには抵触していないのか」

『ちょっと、何を言ってるのさ？　大丈夫なの？』

「すっ、すまない……、大丈夫だ」

頭痛に耐えながら、なんとか声を出す。

『ねえ』

怒気のこもった声が響いた。

「どうしたんだ？」

『ママをしょっちゅう泣かせてるのは、お兄ちゃんだろう？』

長年恨んでいた相手にようやく会えたかのような、攻撃的な口調だった。

「泣かせる？　俺が、母さんを？　一体なにを……」

次の瞬間、頭に記憶がなだれ込んできた。

これまでにないほどの大量の記憶が、荒れ狂う川となって春翔に襲い掛かった。新旧の過去が絡み合い、うねりながら渦を形成する。あまりに圧倒的な記憶にさらされた春翔は、目を瞑り、足を踏ん張ってそれに耐えた。

しばらくして目を開けると、春翔は記憶の渦の中心に立っていた。

不思議な光景だった。

無数の思い出が、まるで絵画のように額に収められて、春翔を取り囲む。

翔子を亡くし裁縫室で絶望した日、進学先のことで博史と話し合った夜、産まれたばかりの人形のような秋穂に対面した瞬間、翔子の幻影によって手が動かなくなった帝王切開、翔子と電話で最期の別れを交わした夜。

人生で関わってきた人たちが、次々と現れては、流れていく。

笑顔の翔子、分娩室の前で抱きしめてくれた翔子、小さい頃の秋穂、胎児の超音波画像を見て涙を流した秋穂、翔子の死に立ち会った博史、立ち会えず抜け殻のようになった博史、死んだような瞳の冴子、それに、目尻に深い皺が刻まれた東堂。

その一つ一つの記憶は、以前の絶望に打ちひしがれていた過去でもあり、翔子との奇跡の電話で手に入れた、明るい未来でもある。

まるで、いくつもの人生を、この空間で追体験しているような感覚だった。

『ママをしょっちゅう泣かせてるのは、お兄ちゃんだろう？』

幼かった春翔の言葉が、頭に反響する。

大量の記憶に巻き込まれながら、春翔は一つの声を探し求めた。

翔子の泣き声。

思い出になかったはずの、その声を探す。

それはまるで、砂浜に紛れた、小さなガラス片を見つけるような作業だった。

感覚を研ぎ澄まし、巡っては去っていく大量の記憶たちに目を凝らす。

都会の喧騒の中、小さな鈴の音を探すように、耳を澄ます。

そのとき、視界の先に一つの額縁が見えた。

写っているのは暗闇だ。その奥に、うっすらと壁が浮かび上がる。闇の中の壁は、何度も夢に出てきた光景だと気づいた。

額縁の中から、わずかな音が聞こえてきたような気がする。注意していないと聞き逃してしまいそうな、小さな音に耳をそばだてた。

蝶が舞うような、柔らかい声。しかし、その声は湿っていて、小さく震えている。

翔子の声だとわかった瞬間、春翔は足を踏み出した。記憶は今にも濁流に飲まれそうになっている。

春翔は、必死に駆け寄って右手を伸ばした。

ちぎれんばかりに腕を伸ばすと、指先が額に触れた。

「母さんっ！」

最後の力を振り絞って記憶を掴んだ瞬間、春翔は暗闇に引き摺り込まれた。


暗い寝室の中、雨音が響いている。

ベッドから身を起こした春翔は、目の前の壁を見つめていた。薄い壁を隔てた先は、翔子の裁縫室だ。

これは、幼かった頃の記憶だ。自身の小さな体を認識して、そう理解する。

まるで、夢の中にいるようだ。小学生の自分に戻ったかのような、奇妙な感覚だった。

不思議な状況に戸惑っていると、壁から声が漏れ聞こえてきた。

押し殺したような声は、泣き声だと知れた。

記憶の濁流の中で見つけた、翔子の声だ。

小学生の自分が電話で訴えていたことは、本当だったのだ。翔子は、確かに泣いていた。

ということはつまり、自分は、過去にその声を聞いていたはずだ。しかし、こんなに大事な記憶が、すっぽり抜け落ちていた。この二ヶ月の間、頻繁に過去が入れ替わったために、記憶の山に埋もれてしまっていたのかもしれない。

——これは、いつの記憶だろうか？

思い出せるはずだ。古くて新しい過去を遡（さかのぼ）る。しかし、二十年前の記憶は霞（かす）んでおり、中々はっきりしない。

そのとき、強まった雨音が翔子の泣き声をかき消した。

すると、水面に落ちた水滴が波紋を広げるように、雨音が古い記憶を蘇らせた。

——そうだ。これは、雨の季節だ。

この声を聞いたのは、梅雨の始まりだった。未来の記憶と照らし合わせる。六月のはじめといえば、翔子が漫画喫茶に足繁（あししげ）く通って、秋穂が助かる未来が確定した頃だ。秋穂が助かったのと引き換えに、翔子は涙を流すようになった。翔子が、自身の死を強く予感したのは、きっとこの頃なのだ。

しかし幼かった春翔は、翔子が泣いているなんて信じられるはずもなく、この声は雨音に紛れた空耳だと思い込んだ。

記憶を取り戻した瞬間、春翔は暗闇の壁に吸い込まれた。

暗闇に浮かぶ壁が、目の前に広がっている。

さっきよりも少し先、梅雨の折り返し頃の記憶だ。

幼い春翔は、この日も壁を見つめていた。

この頃の春翔は、混乱の最中にいた。翔子の泣いているような声は、日を追うごとに聞こえてくる頻度を増していったからだ。

どう判断してよいのか、わからなかった。

常に笑顔を絶やさなかった翔子が泣く姿など、想像もできない。しかし、これだけ何度も耳にすれば、それを幻だと切り捨てることも難しい。だが、泣いた夜の翌朝は、決まって嘘みたいに明るい笑顔で春翔を迎えてくれるから、やはり夜に聞いた声は、何かの間違いだったのだろうと自分に言い聞かせる。

そんな日が続き、春翔の心は揺らいでいた。

大人になった今ならわかる。

現実を認めたくなかったのだ。翔子が泣く姿を目の当たりにしたら、現実を認めざるを得ない。そうなると、幸せな日々に歪みが生じてしまう。それを恐れた。

夢だったら、いつか覚める。

雨だったら、いつかあがる。

翔子が泣くのはひと時のことで、時間が自然と解決してくれるはずだ。

そう思い込んで、自ら解決に動こうとはしなかった。……できなかった。

結局、壁を見つめたまま、漏れ聞こえてくる声に耳をそばだてるだけの日々が続いた。

そんな中、春翔はある法則に辿り着いた。

雨の日の夜、誰かと電話をした後に声が響いてくる。

そうなると、電話の相手が誰なのかが気になってきた。

勇気を出して、一度だけ訊いたことがある。

――電話の相手は誰なの？

翔子は、『未来のお兄ちゃん』だと言った。そいつはママをいじめる悪い人なのかと質問を畳み掛けたら、何故だか笑顔になった翔子は、『お兄ちゃんはママを助けようとしている優しい人よ』、と答えたのだ。

未来のお兄ちゃん。

その言葉の真偽はわからない。しかし、そいつがママを助けようとしてくれているのであれば、一刻も早くどうにかしてほしい。このなんとも形容しがたい気持ちの悪い夜を、すぐにでも終わらせてほしい。

翔子が電話をする声を聞くたびに、春翔は壁を見つめて祈った。

──未来のお兄ちゃん。今日こそはママを助けてよ。

しかし願いとは裏腹に、電話を重ねるごとに、壁から聞こえてくる翔子の声は、大きく、そして長くなっていった。

なにかがおかしい。それには気づいていた。

秋穂の診察に、普段と違う病院に行ったし、漫画喫茶に足繁く通うようになった。

それだけではない。家のルールが増えていって、まるで修業のような日々が始まった。掃除に片付け、ゴミ出し、洗濯、挙句のはてには、新品の包丁を手渡されて料理まで教えられた。

なぜ急にこんなことを始めたのか、春翔には知る由もなかった。

いつも優しかったはずの翔子の指導は思いの外厳しかったが、春翔は真剣に取り組んだ。

なぜなら、課題をクリアするたびに、翔子が弾(はじ)けるような笑顔を見せてくれたからだ。体が折れそうになるくらい強く抱きしめられ『よく頑張ったね、春翔』と、こちらが恥ずかしくなるくらい、目一杯褒めてくれた。

その瞬間だけが、梅雨の季節の憂鬱を吹き飛ばしてくれた。このまま翔子の笑顔が増えていけば、夜の声は自然に消えるかもしれないとも思えた。

必死になっていた頃の記憶が、湧き水のように蘇ってきた。

幼い日の春翔は、迷いの中にいながらも、翔子を救おうと奮闘していたのだ。

しかし、一層大きな泣き声が耳に響いた。

もはや嗚咽となった翔子の声は、壁の先から聞こえてくるようだ。

改めて壁を凝視すると、突然暗闇が迫ってきた。

春翔は目を瞑り、闇に飲み込まれた。

壁から嗚咽が漏れてくる。

幼い春翔は、呆然としながら壁を見つめていた。

翔子が一番激しく泣いた夜。記憶を手繰り寄せると、それがいつだったのかは、すぐに知れた。

七月五日、春翔と翔子が最後に電話をした日、未来から翔子に別れを告げた夜だ。

悲しみに溢れた泣き声が、春翔の胸を突き刺した。

別れの言葉を交わした夜に、翔子はこんなにも泣いていたのだ。やはり、死を受け入れるなどというのは、そんな簡単なことではない。一見、気丈に振る舞っていた翔子は、電話を終えた後に絶望していたのだ。

翔子の嗚咽が、さらに深く刺さる。

あの別れ方で、本当によかったのだろうか。他にかけるべき言葉はなかったのだろうか。

しかし、今更どうすることもできない。もう、記憶の中にしか翔子はいないのだ。幼かった自分もまた、絶望している。両手が震え、口に渇きを覚える。

嗚咽が止む気配はない。

迷った末、まるで不安と悲しみに押されるように、春翔はベッドから起き出た。もう、翔子の姿を目の当たりにせざるを得なかった。

その心中は、不安が大半を占めている。

隣の部屋に聞こえぬよう、静かに廊下に出た。たった数歩先の隣の部屋までの廊下がやたら長く思える。一歩足を踏み出すごとに、翔子の嗚咽がどんどん大きくなるような気がして、胸が張り裂けんばかりに痛くなった。

ようやく辿り着いた裁縫室の前で、春翔は深く息を吐いた。

ドアノブにかけた手をゆっくりと回すと、ガチャリと音が鳴って、心臓が飛び跳ねた。落ち着けと、心に言い聞かせてから、春翔はついに扉を開いた。

わずかにできた隙間から、そっと裁縫室を覗き込む。

視線の先に見えたのはやはり、見たくなかった現実だった。

背中を丸めた翔子が、電話を胸に抱えて泣いている。

家族の名前を何度も呼びながら、嗚咽している。

数多の涙が、頬を伝ってとめどなく電話に落ち、ラグカーペットに次々と跡をつける。その姿を見た春翔は、呆然とした。翔子は、想像していたよりも遥かに大きな絶望に見舞われていたからだ。

足がすくんだ。恐れが心を支配し、ドアノブを持つ手が震える。

――なにを悲しんでいるんだろう？　どうすれば助けてあげられるんだろう？

しかし、自分にはどうにもできない。灯りそうになった勇気の火は、あっさりと吹き消されてしまった。

無力感に苛まれていると、やがて不思議な現象が起こった。

翔子の涙に呼応するように、電話が煌々と輝き出したのだ。涙の粒が落ちるたびに、電話は煌めきを増し、その光は翔子を慰めるように包み込んだ。

現実とは思えないような出来事に呆然としたが、翔子を包む光は美しく、春翔は思わず息を呑んだ。

光は一層強さを増し、あっという間に裁縫室中を埋め尽くす。

翔子の更なる嗚咽に反応した眩（まばゆ）い煌めきは、部屋の外へと漏れ出て、とうとう春翔まで包み込んだ。

視界一杯に広がった光の先は、やがて別の記憶へと繋がった。

激しい雨音が耳に響く。荒れ狂う夏の嵐は、時折雷鳴を響かせていた。

うっすらと目を開いた瞬間、雨音を消しとばすような大きな音が、リビングに響いた。

食器が落ちるような乾いた音ではない。何かがぐしゃりと潰れるようなその鈍い音は形容しがたいほどおぞましく、春翔は思わず硬直した。

「翔子！　大丈夫か？」

青ざめた博史が、キッチンへと駆け寄る。

博史の姿を視線で追うと、信じられないような光景が広がっていた。

翔子が倒れている。苦悶の表情を浮かべ、脂汗で髪がべったりと額に張り付いている。春翔が見たこともないような翔子の顔だった。

恐怖に足が震える。

二言三言、翔子と言葉を交わした博史が、慌てた様相で電話をかけた。救急車を呼んでいるようだ。いつも穏やかだった博史の口調は鬼気迫っていて、張り上げた大声が、恐怖を増幅させた。

あまりの状況に立ち尽くしていると、翔子と目が合った。

まるで動物のような呻き声を上げていた翔子は、春翔を見て、途端に笑顔を見せた。

「……おいで、春翔」

柔らかい声めがけて、春翔は一目散に駆け寄った。

優しく抱きしめてくれる。

しかしその体は異常に熱く、隠そうとしていても息が荒い。

苦しいのだ。それが容易に知れた。

「ママ……、だ、大丈夫？」

「大丈夫よ。なにも心配ないから」

不安をかき消すかのような、満面の笑みを向けてくれた。しかし、その瞳の奥には、普段の輝くような光は見えない。それを訝しんでいると、翔子の笑顔がわずかに歪んだ。同時に口から漏れ出た小さな呻き声を、春翔は聞き逃さなかった。

夢ではない、これは現実なのだ。翔子の肌に触れて、それを思い知った。

「ね……ねえママ」

「春翔っ」

本当に大丈夫なの？　という言葉は、翔子の声に掻き消された。

「なに？」

「ギュッてしてもいい？」

「……うん、いいよ」

返事を終える前に、強く抱きしめられた。

伝わってきたのは、不安と恐怖だった。翔子の体が震えていたのだ。

このところ、翔子がずっと泣いていたのは、このおぞましい出来事を、予感していたのかもしれない。そんな考えが頭をよぎった。

どうにかしないといけない。しかし、恐怖が心を蝕んでいく。翔子の体温が肌に伝わってきて、その優しい温もりに縋りたくなる。

その瞬間、春翔の脳裏に数日前の記憶が蘇った。

嗚咽する翔子。勇気を出して目の当たりにした現実。あんなに心を刺されるような気持ちになったことはなかった。しかしあの泣き姿のまま、翔子がいなくなってしまうほうが余程大きな恐怖だ。

現実から逃げそうになっていた心が、すんでのところで止まった。

春翔は、翔子の顔を覗き見た。すでに笑顔はなく、顔を歪めている。

悲しみに満ちた表情。これが、この梅雨の季節の翔子の本当の姿だったのだ。不安と恐怖を、春翔の前では隠し続けていたのだ。

――もう、逃げるのはやめだ！

意を決した春翔は、口を開いた。

「ママは、夜に泣いてたでしょ」

「えっ……」

「ずっと知ってたよ。きっとママには、なにか悲しいことがあるんだ。でもそれを、僕に隠してる」

あれだけ口に出すのが怖かった言葉が、次々と口から飛び出てきた。

翔子の瞳が潤んだ。大きな涙の粒が、ボロボロと溢れ出てくる。

「ごめんね春翔……。ママはこれから、お空に行っちゃうの。でもそれは、どうにも出来ないことなの」

その泣き声は、掠れて弱々しい。

なにもしてあげられない自分をもどかしく思った。

「一つだけ、春翔にお願いしたいことがあるの」

「……なに？」

「秋穂のことを頼むわね」

「秋穂？　急に言われても、なにをすればいいのさ」

困惑していると、涙まみれの笑顔が向けられた。

「大丈夫よ」

柔らかい声が、ふわりと舞った。

「あなたは、未来にとっても優しいお兄ちゃんになるのよ。私は知っているの。大きくなったあなたの優しい声も、他の人を思いやりすぎて、すぐに自分を責めちゃうような素敵な心を持っていることも、妹思いの優しいお兄ちゃんだってことも、みんな知ってる。だから大丈夫よ。これから産まれてくる秋穂を大切にしてあげてね」

あまりに自信に満ちた物言いに、反射的に「わかったよ」、と答えてしまった。

「ありがとう、春翔」

再び抱きしめられる。翔子の胸に顔を埋めたい。しかし、その気持ちを必死に抑えて、春翔は目を見開いた。

翔子は、お空に行くと確かに言ったのだ。お空に行ってしまったら、もう会うことができない。そのことを春翔は知っていた。

そんな未来は嫌だ。

諦めない。翔子の涙を目の当たりにしたあの夜、自分がどうにかすると心に誓ったのだ。

しかし、不安から涙が溢れてくる。視界がぼやけた瞬間、うっすらと光が見えた。

どこかで見た光だ。

涙を拭う。翔子の背中越しに見えたのは、バッグから覗くＰＨＳだった。

錯覚だろうか？　ＰＨＳが、温かな緑の光を放っている。

あれは、翔子が祈るように抱えていた光る電話、翔子を助けようとしてくれる未来のお兄ちゃんと話せる電話だ。

――あれだ！

そう直感した。勇気を出して、春翔は腕を振り解いた。

震える足に活を入れて立ち上がる。そのまま、涙でくしゃくしゃになった翔子の顔を真っ直ぐに見た。

「ママは、本当はお空に行きたくないんでしょ」

その言葉に、真っ赤に腫らした翔子の目から、再び大粒の涙がこぼれ落ちた。

翔子は、とうとう震える声を張り上げた。

「本当はみんなとずっと一緒に生きていたかった！　私は、春翔達とさよならなんてしたくないのっ」

嗚咽混じりのその言葉に、春翔の心が奮い立った。

小さな拳をギュッと握りしめて、春翔は叫んだ。

「僕がママを助けるっ！　だから待ってて！」

そのまま背を向けて、翔子のバッグに駆け寄った。

「春翔っ！」

背中に、翔子の声が響く。戻りたい気持ちを、必死に振り払う。

翔子のバッグから、PHSをがむしゃらに掴み出して、一目散に裁縫室へと走った。

扉を開くと、大きな窓が春翔を出迎えた。窓いっぱいに広がる雷雲は、まるで春翔の覚悟を問うかのように、低く、不気味な音を鳴らしていた。

怖い。でも、もう、恐怖には負けない。

雷鳴に逆らうように、春翔は窓の前に進み、PHSを胸に抱えた。

翔子がそうしていたように、目を閉じて、強く祈った。

——未来のお兄ちゃんに、繋がれ！

次の瞬間、ＰＨＳが熱を帯びた。見ると、ＰＨＳが煌々と輝いている。溢れんばかりの光は、両手から漏れ出て、あっという間に春翔を包み込んだ。

やがて、何も操作をしていないのに、電話口から呼び出し音が聞こえてきた。ＰＨＳを耳に当てる。確かに音は鳴っている。翔子が口ずさんでいた、鼻歌の着信音だ。

しばらくすると、その音が止んで、ザザザと電子音が響いた。

『もっ……、もしもし。母さん？』

男性の声、しかし不思議と、昔から知っているような気もする。相手は、未来のお兄ちゃんだと確信した。

次の瞬間、春翔は電話に向かって叫んだ。

『お兄ちゃん！』

幼い声に、意識が引き戻された。

窓からは雷鳴が轟いている。部屋にはモノトーンのベッドが置かれ、壁に貼られたアイドルグループのポスターが目に入った。

ここは、秋穂の部屋だ。どうやら、記憶の渦から戻ってきたみたいだ。

再び少年の声が響く。

『ねえ、聞いてるの？　ママが大変なんだってば！』

甲高い声は震えていて、小さな勇気を振り絞っているのであろうことが、電話越しにも知れた。

翔子が倒れたあの日、幼かった春翔はついに動いたのだ。

あの恐怖の壁を、見事乗り越えたのだ。それを思うと、胸が熱くなった。

「春翔くん……」

『なっ、なに？』

「よく頑張ったな」

『こんなときに何を言ってるの？』

戸惑った声の後に、電話口から微かにサイレンの音が響いた。

『ねえお兄ちゃん、救急車が来ちゃったよ！　それに、パパが僕を呼んでる！』

「まずいっ！」

博史が部屋に入ってきてしまったら、電話が切れてしまう。幼い春翔が勇気を出して繋いだこの電話は、翔子を救う最後のチャンスなのだ。感慨に浸っている暇などない。

幼い頃の自分に、フィブリノゲン異常症のことを伝える。そのための時間は、限りなく少ない。どうやら、詳細な説明は難しそうだ。

「春翔くん、俺が言うことをよく聞いて」

『聞いてるよっ』

「これから、お母さんを助ける方法を教えるからっ、俺の言葉を覚えてほしい」

春翔の緊張が伝わったのか、息を呑む音が聞こえてきた。

『わ、わかったよ』

硬い声が返ってくる。しかし、その返事ははっきりしていて、強い意志を感じた。

大丈夫そうだ。春翔は、ゆっくりと言葉を紡いだ。

「実は、君のお母さんの血はちょっとおかしいんだ」

『血が……、おかしいの？』

「そうだ。でも、これから言うお薬があれば、お母さんを助けることができる」

『薬？　わかったから、早く教えてよ！　もう、パパが来ちゃう。救急車に乗らないといけないからっ』

一つ息を吸う。

ついに、過去に翔子の死因を伝えることができる。

「フィブリノゲンって薬だ。それを、これから病院で会う女の先生に伝えてほしい。ほら、前に君が、暗くておっきな病院で会った女性だ。覚えているだろう」

全てを伝え終える頃には、興奮を抑え切れなくなっていた。ようやく二十年前の人間に、翔子の遺伝子異常を伝えることができた。

身震いする。これで、翔子が助かる。

しかし、電話口からは、困惑した声が返ってきた。

『なにっ？　フィブ……、フィボ……？』

正確に伝わっていないようだ。春翔は、急いで同じ言葉を口にした。

「フィブリノゲンだよ。フィブリノゲン！　お母さんは、それの異常なんだっ！」

『そんな難しい言葉、すぐに覚えられないようっ』

明らかに動揺した声からは、先ほどの強気は感じられなかった。

「そっ……そんなっ」

電話口の春翔は、まだ小学生になったばかりなのだ。この異常事態の中で、難解な医学用語なんて、すぐに記憶できるはずがなかったのだ。

誤算だった。これでは、翔子は助からない。

『春翔っ！』

廊下からだろうか。博史の声が、微かに響いた。

時間がない。混乱した中で、必死に頭を働かせる。

もう一度フィブリノゲンという単語を伝えれば、覚えてくれるだろうか？　いや、その可能性は限りなく低い。頭文字だけ記憶してもらえれば、なんとかなるだろうか？　それも無理だ。いくら冴子とは言え、胎盤剥離の緊急事態で、小学生の不明瞭な単語に耳を貸すとも思えない。

なにか、小学生でも理解できる言葉が必要だ。

『お兄ちゃん！　早くして！　パパがっ』

これまで以上に焦った声だった。

考えろ……。考えろ。春翔は、関連する言葉を片っ端から頭に並べた。

凝固機能異常、ＤＩＣ、フィブリン、血栓、遺伝子異常……。

そのとき、一枚の紙の記憶がフラッシュバックした。

冴子に見せられた、検査結果。

【F1 4q28-32　Bβ111Ser　heterozygous】

検査結果用紙に羅列された文字列が、映像となって鮮明に蘇る。

これだ！　これなら、彼に伝わるはずだ。

「春翔くんっ」

『なに！』

「君の夢はなんだ？」

『夢っ？　こんなときに、何を言ってるの？』

その声には、怒気が込められていた。しかし、もう時間はわずかしかない。

「いいから答えるんだっ！」

『えっ、Ｆ１レーサーだよっ！　それがどうしたのさ？』

「それだよっ！　Ｆ１だ！」

『えっ？』

春翔は、捲し立てるように口を開いた。

「いいかい。お母さんの血は、ちょっとおかしいんだ。Ｆ１って遺伝子が他と少しだけ違うんだ」

『いっ、いでんし？　よくわからないよ』

落ち着け……。落ち着いて、あの頃の自分にわかるように説明しろ。

焦燥に駆られながらも、春翔は冷静に言葉を選んだ。

「つまり……、マシンの調子が悪くて、レースに出られないようなもんだよ」

『レースに……出られない？』

「そう！　普通の道を走るのは大丈夫なんだ。でも、レースはそれよりもっともっと大変だろう？　だから、今のマシンじゃお母さんは危険なんだ。このまま走ると、多分事故を起こしちゃう」

レースとはもちろん、手術のことだ。しかし、そこまで細かく説明している暇はない。

だが、子供の春翔にも、翔子に危機が迫っていることは理解できているはずだ。

だから、伝われ！　自分なら大丈夫だ。そう信じる。

『わかったよ。ママの車は壊れてるから、レースに出るのは危ないんだね。でも、これから出場しなきゃならないってことだね？』

「よくわかってくれた。偉いぞ！」

『マシンってのは、ママの血のことなんだよね？』

「いいぞ！　それが、F1っていう遺伝子の異常なんだ」

『それはいいけど、だったら、どうすればいいのさ？　ママはレースを棄権できないんだろ？』

「大丈夫！」

『えっ？』

「他の人からマシンを借りるんだ」

『マシンを……、借りる？』

「そうだっ！　これから行く病院には、F1のマシンが一杯置いてある。それを使わせて貰えば、お母さんは絶対にレースに勝てる！」

『それが、さっきの難しい名前のやつ？』

「フィブリノゲンって薬だ。でもその言葉は覚えなくて大丈夫。君のお母さんの血がおかしいってことと、F1遺伝子って言葉だけ忘れないでくれればいい。あとは今の話を、これから行く病院の先生に説明してほしい。その先生なら絶対に君の話を聞いてくれるっ」

そうすれば、翔子が死ななくてすむ。その言葉は胸の内に秘めた。

「頼むっ！　君ならできるから」

少しの間が空いた。

その間に、博史が春翔を呼ぶ声が、大きく響いた。

『わかったよ。やって……』

次の瞬間、扉が開く音がして、電話がブツリと切れた。

沈黙したPHSを、春翔は呆然と眺めていた。

ちゃんと伝わっただろうか？　そもそも、果たして今の電話は現（うつつ）なのか、それとも幻だったのか……。

頭の中には、まだ大量の記憶がぐるぐるとうねっている。しかしその中で、これから搬送される秋穂のことを思い出した。

一目散に家を飛び出す。

雷鳴が轟く中、春翔は産成会病院へと走り出した。

病院の薄暗い階段を駆け上がる。

凄まじいほどの記憶が入り乱れ、どれが正しいのかなどわかりようもない。

しかし、記憶を整理するのは後でいいと言い聞かせる。これから、秋穂と新しい命を救わなければならないのだ。

病棟に辿り着くと、そのまま更衣室に駆け込んだ。びしょ濡れになった衣服を真新しい術衣に着替え、手術用キャップとマスクを装着する。鏡を確認すると、そこに映る自分の顔が大きく歪んだ。頭を揺さぶられるような不快感が襲ってくる。

きっと、今、この瞬間にも過去が変わっているのだ。幼い春翔も、闘っているはずだ。

春翔は、めまいに苛まれながらも、分娩室へと向かった。

二十年前のあの日、恐怖の象徴でしかなかった木枠の大きな入り口を駆け抜ける。そのまま最奥の緊急手術ブースに辿り着くと、鋼鉄の手術台が視界に入った。

秋穂が仰向けになっている。

それを見た瞬間、さらに記憶が流れ込んできた。血の匂いがする手術室、人形のような翔子、産まれた瞬間に息絶えた秋穂、小さな体で必死に呼吸する秋穂。

新旧の記憶が、これが正しいのだと主張する。強烈な吐き気に襲われていると、頭上から声がかけられた。

「早かったな春翔」

「さ、冴子さん」

春翔を見た冴子が、表情をやわらげた。

「よく決断したな。……大丈夫か？」

それ以上の言葉はなかったが、冴子は翔子のことを訊いているのだろう。

「大丈夫です。それより、秋穂はどうでしたか?」

冴子が、ちらりと秋穂に視線をやった。

「やはり早剝だ。胎児の心拍はいまのところ異常がないが、いつ悪化するかわからない。いま、東堂さんがフィブリノゲンを投与してくれている。滴下が終わり次第、ここでカイザーをするぞ」

「……わかりました」

「簡単な手術じゃない。しかし、絶対に助けよう」

冴子の声は、高揚している。その決意に溢れた黒い瞳を見ていると、不思議と頭痛とめまいが落ち着いてきた。

すると、手術室のほうからダミ声が響いた。

「おおい! フィブリノゲン、もうすぐ落とし終わるぞ」

東堂だ。秋穂の横に立って、点滴の調整をしている。

「すみませんっ、今行きます」

手術台へと駆け寄ると、痛みに悶える秋穂の表情がはっきりと見えた。

汗まみれで、前髪がべったりと額に張り付いている。激しい子宮収縮が襲ってくるのだろうか、不定期に腹を抱えて眉を強く歪めている。

駆け寄った春翔に、東堂が耳打ちをした。

「草壁、間に合ってよかった。フィブリノゲンを落とし終わったら、すぐに麻酔をかける。全身麻酔でやるぞ」

目深に被ったキャップから覗く目を、秋穂に向けた。全身麻酔になったら、秋穂とは意思疎通が取れなくなる。その前に、話しておけという意図だ。

秋穂に駆け寄って、真っ白な手を握った。汗だくの手のひらには熱が通っておらず、痛みと恐怖からか、震えている。

「秋穂っ！　大丈夫か？」

「兄貴……、きてくれたんだ」

「当たり前だろう」

秋穂の表情がわずかに緩み、途端に瞳に涙が浮かんだ。相当の不安と緊張だったのだろう。

しかし次の瞬間、秋穂は春翔の術衣の裾を強く掴んだ。

「なっ、なんだよ急に」

「お願いっ！　お腹の赤ちゃんだけは絶対に助けて！」

その瞳には、並々ならぬ覚悟が浮かんでいた。それは、いつか佐久間の後ろで目の当たりにした、自らの命を賭してまで子の命を望む母の姿だった。

あまりに重い魂の訴えだった。その責任の重さに怯みそうになるが、踏みとどまる。

秋穂に返すべき言葉は、一つしかないのだ。

「絶対助ける！　子供も、秋穂もだ！」

その言葉に、秋穂の手からようやく力が抜けた。

心拍モニターのアラームが、けたたましく音を立てた。秋穂の顔も再び苦痛に歪んだ。

「もう麻酔をかけるぞ」

東堂の声が響いた。

「兄貴……、頼んだよ。私を赤ちゃんに会わせてね」

「任せとけ」

そのやりとりを最後に、秋穂の口に、マスクが充てがわれた。

睡眠導入剤が投与されると、ほどなくして、秋穂の瞼(まぶた)が閉じた。

秋穂の入眠を確認した東堂が、ゆっくりと顔を上げる。

「草壁っ！」

ドスのきいた声に、思わず背筋が伸びる。東堂のギラついた瞳が、春翔を見据えていた。

「はっ、はい」

「お前が切れ」

「えっ？ で、でも……」

早剝、しかも二十八週の早産児の帝王切開は、通常のそれより遥かに難しい。それに、麻酔がかけられた後は時間との勝負だ。胎児に麻酔が巡る前に娩出させねばならない。

春翔は、未だ普通の帝王切開すら完遂できていない。それなのに東堂は、この難しい手術を春翔に執刀しろと言っている。

これまで、何度も恐怖で手が止まってしまったことが頭をよぎる。

春翔の不安を察したのだろうか。東堂の瞳が険しく光った。

「責任は俺が持つ。それに……」

東堂の視線が、ゆっくりと冴子に移動した。

「フォローできるよな？ 熊野」

冴子が、力強く頷いた。

「もちろんです」

「さっ、冴子さん」

今度は、冴子の眼差しに射ぬかれる。その瞳の奥には、力強い光が煌めいていて、春翔は思わず言葉を呑んだ。

「君はあんなに辛い状況の中で、秋穂さんを救うためにこちらに向かう決断をしたじゃないか。それは、心の強い人間にしか出来ない判断だ。だから、自分の力を信じるんだ」

美しい黒の瞳に引き込まれる。

「わかりました」

冴子の意志に引っ張られるように、春翔は頷いた。

心拍モニターの音が、部屋に響き渡る。目の前には、大きく膨らんだ腹が広がっている。

右手に持ったメスがギラリと輝き、緊張が一層強くなった。

東堂が、ゆっくりと顔を上げた。

「挿管した。始めていいぞ！」

「お願いしますっ」

腹の正中にメスを入れる。

一瞬遅れて、血が滲み出てきた。

その鮮烈な赤色が翔子の幻影を呼び起こしそうになるが、冴子がすかさずガーゼで血を拭った。

「何も考えるな。目の前の手術に集中しろ」

冴子の声に、心を立て直す。

「すみませんっ」

息を吐くと、春翔は無心で手を動かした。

脂肪から筋膜を展開し、腹直筋を左右に分ける。春翔の次の動きを誘導するかのように、冴子の手がフォローにまわった。

二十年ぶりに手術をしている冴子の手技は的確だった。冴子が連日当直していたことを思い出す。やはり当時の冴子は、相当の鍛錬を積んでいたのだ。

あっという間に、腹腔内に至った。

赤黒く変色した秋穂の子宮が、顔を見せた。漿膜（しょうまく）にまで出血が漏れ出ている子宮はおどろおどろしく、筋層にメスを入れた瞬間に、大量の血液が溢れ出るであろうことが容易に想像できた。

手術室に緊張が走る。

冴子の白い指が、ゆっくりと筋層をなぞった。

「ここを切ったら、もう後戻りはできない。……気合を入れろ」

「わっ、わかりました……」

しかし、返事とは裏腹に、春翔の手は震え出した。

思うように手が動かない。背中を嫌な汗が伝った。

「大丈夫か？」

鼓動が速まり、肺が大量の酸素を求めだす。

そのとき、また幻覚が襲いかかってきた。

秋穂の子宮から、真っ白な手が浮かび上がる。子宮の奥から嗚咽が響いてくる。秋穂が寝かされているのは、翔子が命を落とした手術台なのだということが、今更頭をよぎった。

「落ち着くんだ、春翔。ゆっくりと息を吐け」

冴子の声で、ぎりぎりのところで意識を保つ。

「草壁っ！　気合を入れろ。ここで壁を乗り越えちまえっ」

東堂の喝に、ふらふらだった足に力が入る。

その瞬間、先ほど触れたばかりの記憶が蘇った。

倒れた翔子を助けるために、勇気を振り絞って駆け出したこと。

幼かった自分は、大きな恐怖の壁を乗り越えたんだ。だったら、大人になった自分ができないはずはない。

そう思うと、心に勇気の火が灯った。

しかし、生まれたばかりのその炎は小さく、頼りなげにゆらめく。抑え込んだはずの恐怖が、すぐにその火を消そうと再び襲いかかってくる。

恐怖と勇気が、心の中でせめぎあった。

そのとき、冴子の白い手が、春翔のメスを持つ手に重なった。滅菌手袋越しに伝わってきた温かさに顔を上げると、冴子と目が合った。

「君ならやれるはずだ」

力強い言葉だった。

「私の人生を変えてくれたのは、春翔じゃないか。もっと自分に自信を持て」

冴子の言葉が、勇気の火を轟々(ごうごう)と燃え盛らせた。心の奥底から、勇気が湧き出てくる。

――秋穂を助けるんだ。それが、母さんと交わした約束だ。

　白い手が消え去った。

　まるで、霧が晴れたかのように、秋穂の子宮がはっきりと見える。気づけば、嗚咽も聞こえなくなっていた。

　大丈夫だ。それを直感して、春翔はメスを握り直した。

「いきますっ！」

　とうとう子宮にメスを入れた。

　分厚い筋層から、おびただしい量の血液が流れ出てくる。その量に圧倒されそうになる。

「怯むなっ。次のメスを入れろっ」

　冴子の声に押されるように、さらに切開を入れる。

　それからは、無我夢中だった。

　冴子の声に従って、何度もメスを入れると、ついに頭が見えた。小さな頭部は、血液にまみれてヌルリと光る。

「羊膜はもう破れている。そのまま慎重に胎児を引き出すんだ」

　冴子の指示に従って、血の海に手を差し入れた。

　秋穂の血の温かさが伝わってくる。指先に、胎児の頭が触れた。慎重に手を進入させると、小さな児頭は手のひらにすっぽりと収まった。春翔の手に反応するように、頭がグルリと動く。圧倒的な生命の主張が、手を通して伝わってきた。

子宮の切開部位に誘導するように、優しく児頭を引き上げる。続けて胎児の体を優しく引き抜くと、血塗(ちまみ)れの体がするりと抜け出した。

無影灯に照らされたのは、わずか千グラムほどの、猿のような赤子だ。

次の瞬間、産まれたばかりの命は、自らの生を主張するように泣き始めた。

啼泣は決して大きくはない。しかし、小さな口を必死に広げようとするさまに、圧倒された。

「おめでとう春翔。この子を必ず秋穂さんに会わせてあげよう。しかし、本当の勝負はここからだ」

冴子の声で、すぐに心を切り替えた。新生児科の医者に赤子を渡して、秋穂の子宮に意識を集中させる。

秋穂に出血の危険が及ぶのは、これからなのだ。

案の定、子宮から大量の血液が溢れ出てきた。まるで蛇口を捻ったような出血は止まる気配がなく、心の奥に押し込めた恐怖を、強制的に呼び起こそうとするほどのおぞましさがあった。

冴子の細い指が、子宮を鷲摑みにした。

「春翔っ、ぼやっとするな。全力で子宮を揉み込め」

「はっ……、はいっ」

冴子に倣って、子宮を圧迫する。

しかし、わずかに子宮が収縮しても、すぐに筋層が緩んでしまい、再び血が吹き出てくる。

やはり、血液が正常に凝固しないのだ。この状況が続けば、あっという間にＤＩＣに陥り、命の危機に瀕する。

春翔は、祈るように秋穂の子宮を圧迫し続けた。しかし、指の間からとめどもなく血液が溢れ出す。その異様な光景は、生まれたはずの勇気を削り取っていった。

心拍モニターのアラームがけたたましく音を鳴らした。

もうだめかもしれない。秋穂も、翔子と同じ病によって、同じ場所で命を落とすのか。

最悪の考えが頭をよぎったとき、冴子の鋭い声が飛んだ。

「東堂部長！　フィブリノゲンを追加して下さいっ！」

これまで聞いたことがないほど、強い声だった。

思わず冴子の顔を見上げると、その瞳は、見たこともないほど美しく輝いていた。かつての深い暗闇は、微塵も感じられない。

冴子の瞳に引き込まれていると、東堂の舌打ちが響いた。

あまりに大きな音に反応して、今度は東堂に視線を移す。

「言われなくても準備してるよっ！ったく、お前さんはいっつも人使いが荒いんだよ。俺はもうジジイなんだぞ！」

ぼやきながらも、東堂の手は動いている。

フィブリノゲン製剤の箱から、新しい薬瓶を取り出した。

薬品名が記載された、白い小さな箱。それを見た春翔は、不思議な感覚に見舞われた。

この箱を、昔に見たことがある。そんなことを確信した。

翔子が救急搬送されたときだ。

分娩室に運び込まれた翔子の帰りを、不安な心で待っていたとき。大きな入り口を凝視していると、熊みたいに大きな男性が、春翔の横を通り過ぎていった。

『まったく……、あいつはなんでいっつも人使いが荒いんだよ！　俺はもうおっさんなんだぞ！』

そうぼやきながら、小さな箱をいくつも抱えて、部屋の中へと駆け込んでいった。

小さな箱に記載されている文字が、目に飛び込んできた。

フィブ……、フィボ……。

それは、救急車に乗る前に電話で伝えられた難しい名前に似ている気がした。

「追加のフィブリノゲン、流し始めたぞ！」

あの日聞いたのと同じダミ声に、ハッと意識が戻る。

目の前で、再び冴子が活を入れた。

「春翔、未来を信じろ！」

「冴子さん」

「君があの日に起こした奇跡を信じるんだ」

共に子宮に重ねている冴子の手に、一層力が込められた。

「二十年前と同じだな……」

ふと表情を和らげた冴子の口調は、どこか感慨深げだった。

「あの日の君は、最後まで勇敢だった。私に追い縋って、母親の隠れた病を必死に説明してくれたじゃないか」

冴子の声に、記憶が呼び起こされる。

分娩室の前で、必死に冴子を追いかけた。遺伝子、F1レース、母の血とマシントラブルのこと、少ない自分の語彙力で、身振り手振りを合わせて説明した、小学生だった頃の大勝負。

それが、古い記憶なのか、新しい記憶なのか、それとも、今まさに造られようとしているものなのかなど、わかりようもない。

しかし、翔子を救うために、自分は確かに、死に物狂いの挑戦をしたのだ。

記憶の流入が起こり、脳が揺さぶられる。

「追加のフィブリノゲンも落としきったぞ！　どうだ？」

東堂のダミ声で、ぼやけかけた視界に焦点を戻す。

「春翔、一度、手を離してみよう」

「……わかりました」

冴子と呼吸を合わせ、春翔はゆっくりと子宮から手を離した。

緊張に息を呑む。これでだめならば、次の手がない。

しかし、目の前には奇跡のような光景が広がっていた。

あれほどまでに溢れ出ていた血液が、嘘のように止まっていたのだ。子宮は力強く収縮し続けている。

冴子が、静かに口を開いた。

「出血が止まったぞ……。あのときと一緒だ」

涙が溢れそうになり、言葉が出ない。

その様子を見た冴子が、小さく眉を下げた。

「泣くのは手術を終えてからだ。さあ、子宮を縫おう」

「……はい」

持針器を手に取る。今一度心を入れると、またも、大量の記憶が脳に流入してきた。

しかし不思議と、今までのような不快感はない。

新しい記憶が、以前から当たり前に存在していたかのように、頭の中にすんなりとはまり込んでいくのだ。

一つ針を入れるたび、温かい記憶が増えていく。

翔子の柔らかい声、優しい笑顔、慌てたときの坂道を転がるような口調、抱きしめられて頬に伝わってきた翔子の体温。小さな秋穂、産まれた命に心から喜ぶ博史、毎日交わされる、かけがえのない会話たち。家族四人で手を繋いで歩いた道。

泣いて、笑って、買いものをして、旅行をして、喧嘩して、食卓を囲む日々。

新たな記憶を見つけるたびに、目頭が熱くなっていった。

一つ子宮を縫い上げるたび、記憶の母が歳をとっていく。

誕生日にクリスマス、学校の運動会に卒業式。スマホに夢中になった翔子は、山のように写真を撮っていた。それに、子育てが一段落してネットビジネスを始めた翔子の記憶は、どうやらつい最近のものだ。

家族写真が増えるように、新たな記憶の額が増えていく。

二十年前に止まっていたはずの母の人生が、一年、また一年と、紡がれていった。

もう、涙を我慢できようもなかった。

心が満たされていく。これまで関わってきた人たちが、次々と頭に浮かぶ。

春翔は、その全ての人たちに感謝して、万感の想いで針を動かした。

「ありがとうございました」

最後の一針を縫い終えた春翔は、手術の終わりを宣言した。

壁を乗り越え、初めて帝王切開術を完遂した春翔の心は、どこまでも穏やかだった。

冴子が、マスクを外す。

「よく頑張ったな。立派な手術だったぞ」

そう言って柔らかく笑った。その笑顔は、まるで太陽のように明るく朗らかで、疲れ切った体に、再び活力を与えてくれる。一瞬そのことに驚いたが、初めて会ったときから、冴子の笑顔はこんな温かさを持っていたようにも思える。

まだ、大分頭がぼんやりとしているのだ。あまりに大きな過去の変動が起こった弊害に違いない。しばらくは不便な日常が続きそうだ。

しかし、そんなことはどうでもいい。

今すぐに確かめたいことがあった。

「冴子さん」

「どうした？」

「母は……」

すでに、確信はある。しかし、それを信じ切れない自分もいる。

「母は、生きているんですね？」

嗚咽まじりの声を聞いた冴子が、小さく眉を下げた。

「大変な手術を終えて混乱しているのか？　翔子さんが助かったのは、二十年も前の話じゃないか」

腰に手を当てた冴子が、柔らかく笑った。

「それにしても、感慨深いな。あの日に亡くなってしまうかもしれなかった翔子さんから、今も脈々と命が紡がれている。しかもどちらの命も、春翔が尽力してくれたおかげで助かったようなものだ。人生の因果とは不思議なものだな」

感情が制御できなくなる。

翔子は生きている。今、この時間を共に過ごしているのだ。

「命は繋がっている。長年産科に携わってきているが、それを実感できるこんな瞬間が一番嬉しいものだ。産科冥利に尽きるような経験をさせてくれて感謝するよ」

「……礼を言うのはこちらのほうです。本当にありがとうございました」

共闘した記憶は、すでに冴子からは消えているのかもしれない。しかし、ありったけの感謝の心を、春翔は言葉に込めた。

照れ臭そうに笑った冴子が、分娩室の出入り口に視線をやった。

「翔子さんは外のソファーで待ってるぞ」

「えっ」

「秋穂さんの救急要請をしたのは彼女だ。流石に早剝の経験者だ。迅速な対応は神がかっていたぞ。彼女も心配しているだろう。後のことは私たちに任せて、すぐに報告しに行ってやれ」

翔子に会える。冴子の言葉に、心に熱いものが込み上げた。

「はいっ！」

春翔は、一目散に駆け出した。

あの日、恐れながらくぐった分娩室の大きな入り口を飛び出る。

光の先に、小さな女性の背中が見えた。

記憶の中の母は、こんなに背が低かっただろうか？

それとも、当時の自分が小さかっただけだろうか？

しかし、そんなことはどうでもいい。

これから、新しい家族の未来を作っていけばいい。

「春翔っ」

蝶が羽ばたくような、ゆったりとした、ふわりと柔らかい独特の声が耳に響いた。

まぎわのごはん

藤ノ木 優

ISBN978-4-09-407031-6

修業先の和食店を追い出された赤坂翔太は、あてもなく町をさまよい「まぎわ」という名の料理店にたどり着く。店の主人が作る出汁の味に感動した翔太は、店で働かせてほしいと頼み込む。念願かない働きはじめた翔太だが、なぜか店にやってくるのは糖尿病や腎炎など、様々な病気を抱える人ばかり。「まぎわ」はどんな病気にも対応する食事を作る、患者専門の特別な食事処だったのだ。店の正体に戸惑いを隠せない翔太。そんな中、翔太は末期がんを患う如月咲良のための料理を作ってほしいと依頼され——。若き料理人の葛藤と成長を現役医師が描く、圧巻の感動作！

余命3000文字

村崎羯諦

ISBN978-4-09-406849-8

「大変申し上げにくいのですが、あなたの余命はあと3000文字きっかりです」ある日、医者から文字数で余命を宣告された男に待ち受ける数奇な運命とは——？（「余命3000文字」）。「妊娠六年目にもなると色々と生活が大変でしょう」母のお腹の中で引きこもり、ちっとも産まれてこようとしない胎児が選んだまさかの選択とは——？（「出産拒否」）。「小説家になろう」発、年間純文学【文芸】ランキング第一位獲得作品が、待望の書籍化。朝読、通勤、就寝前、すき間読書を彩る作品集。泣き、笑い、そしてやってくるどんでん返し。書き下ろしを含む二十六編を収録！

テッパン

上田健次

ISBN978-4-09-406890-0

中学卒業から長く日本を離れていた吉田は、旧友に誘われ中学の同窓会に赴いた。同窓会のメインイベントは三十年以上もほっぽられたタイムカプセルを開けること。同級生のタイムカプセルからは『なめ猫』の缶ペンケースなど、懐かしいグッズの数々が出てくる中、吉田のタイムカプセルから出てきたのはビニ本に警棒、そして小さく折りたたまれた、おみくじだった。それらは吉田が中学三年の夏に出会った、中学生ながら屋台を営む町一番の不良、東屋との思い出の品で——。昭和から令和へ。時を越えた想いに涙が止まらない、僕と不良の切なすぎるひと夏の物語。

新入社員、社長になる

秦本幸弥

ISBN978-4-09-406882-5

未だに昭和を引きずる押切製菓のオーナー社長が、なぜか新入社員である都築を社長に抜擢。総務課長の島田はその教育係になってしまった。都築は島田にばかり無茶な仕事を押しつけ、島田は働く気力を失ってしまう。そんな中、ライバル企業が押切製菓の模倣品を発表。会社の売上は激減し、ついには倒産の二文字が。しかし社長の都築はこの大ピンチを驚くべき手段で切り抜け、さらにライバル企業を打倒するべく島田に新たなミッションを与え——。ゴタゴタの人間関係、会社への不信感、全部まとめてスカッと解決！　全サラリーマンに希望を与えるお仕事応援物語！

殺した夫が帰ってきました

桜井美奈

ISBN978-4-09-407008-8

都内のアパレルメーカーに勤務する鈴倉茉菜。茉菜は取引先に勤める穂高にしつこく言い寄られ悩んでいた。ある日、茉菜が帰宅しようとすると家の前で穂高に待ち伏せをされていた。茉菜の静止する声も聞かず、家の中に入ってこようとする穂高。その時、二人の前にある男が現れる。男は茉菜の夫を名乗り、穂高を追い返す。男はたしかに茉菜の夫・和希だった。しかし、茉菜が安堵することはなかった。なぜなら、和希はかつて茉菜が崖から突き落とし、間違いなく殺したはずで……。秘められた過去の愛と罪を追う、心をしめつける著者新境地のサスペンスミステリー！

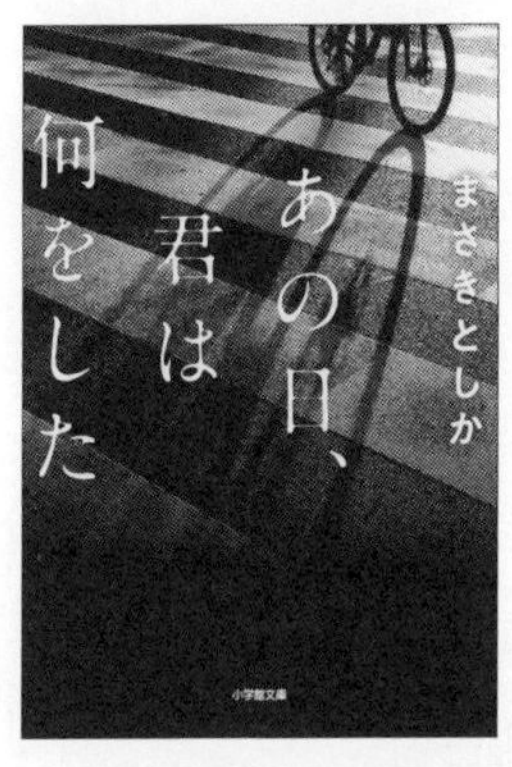

あの日、君は何をした

まさきとしか

ISBN978-4-09-406791-0

北関東の前林市で暮らす主婦の水野いづみ。平凡ながら幸せな彼女の生活は、息子の大樹が連続殺人事件の容疑者に間違われて事故死したことによって、一変する。大樹が深夜に家を抜け出し、自転車に乗っていたのはなぜなのか。十五年後、新宿区で若い女性が殺害され、重要参考人である不倫相手の百井辰彦が行方不明に。無関心な妻の野々子に苛立ちながら、母親の智恵は必死で辰彦を捜し出そうとする。捜査に当たる刑事の三ツ矢は、無関係に見える二つの事件をつなぐ鍵を掴み、衝撃の真実が明らかになる。家族が抱える闇と愛の極致を描く、傑作長編ミステリ。

――本書のプロフィール――

本書は、「STORY BOX」二〇二一年八月号に一部先行掲載された小学館文庫のためのオリジナル作品です。

小学館文庫

あの日に亡くなるあなたへ

著者　藤ノ木　優

二〇二二年八月十日　初版第一刷発行
二〇二四年七月三十一日　第四刷発行

発行人　庄野　樹
発行所　株式会社　小学館
〒一〇一-八〇〇一
東京都千代田区一ツ橋二-三-一
電話　編集〇三-三二三〇-五二三七
販売〇三-五二八一-三五五五
印刷所———中央精版印刷株式会社

ISBN978-4-09-407169-6